U0051760

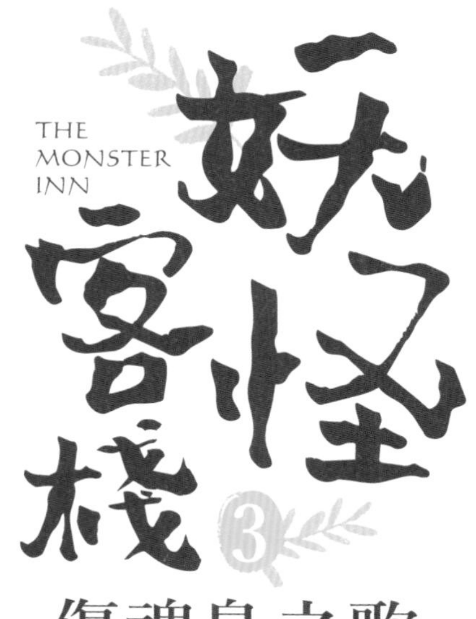

傷魂鳥之歌

楊翠——著

人物介紹

李知宵

人類男孩，擁有八分之一的妖怪血統，是妖怪客棧的現任小老闆。剛開始，他對妖怪的世界既喜歡又排斥，但在妖怪的幫助下慢慢認清了自己的責任。

柳眞眞

人類女孩，李知宵隔壁班的同學，出身於法術師世家。她的夢想是成為世界上最厲害的捉妖師。她性格直爽，痛恨說謊，一看就絕對不是普通人。

曲江

山羊妖，在妖怪客棧住得最久、年紀最大的妖怪。他像爺爺一樣關心、保護著李知宵，在妖怪的心目中也是最可靠的前輩。

沈碧波

人類男孩，李知宵的同班同學，從小被姑獲鳥收養，披上羽衣就能變成姑獲鳥。他對自己的身分感到苦惱，在姑獲鳥之鄉大戰後，終於認識到忠於自我的可貴，和養母的關係也更加親密了。

螭吻

龍王的第九個兒子，性格放蕩不羈，時常鬧笑話。他深藏不露，一直在默默保護著妖怪客棧，是李知宵的法術師父。他的原形是龍身、鯉魚尾的大妖怪，能呼風喚雨。

柯立

鼠妖，妖怪客棧的經理兼主廚，有三個分別叫包子、餃子和饅頭的姪子。這一家子都對「吃」和「八卦」相當有研究。

茶來

一隻把毛染得花花綠綠的貓妖，是螭吻的跟班，說話刻薄，但特別能幹。和普通貓一樣，他只對「吃了睡、睡了吃」感興趣。

螢火蟲

萬年老龜，絕大部分時間都在睡覺，身邊有一隻照顧他起居的小螢火蟲。他幾乎掌握了所有妖怪的資訊，一旦醒來，就會化身為妖怪偵探。

相和

世界上最後一隻傷魂鳥，雖然已經活了五百多歲，但是剛剛進入叛逆期。她討厭悲傷，討厭規矩，討厭被安排好的人生，因此正在和蒲牢鬧彆扭。

東邊

泥偶怪，是傷魂鳥相和的管家。他沉默寡言，喜好安靜，極少流露真實的情緒。因為是泥偶化成的妖怪，十分害怕自己會碎掉。

蒲牢

龍王的第四個女兒，性格溫柔、體貼，但發起火來非常可怕。她開了一家妖怪療養院，名聲很好，唯獨跟養女相和關係惡劣。她的原形是龍首、蜥蜴身的妖怪，不知為什麼極度害怕鯨魚。

妖怪客棧平面圖

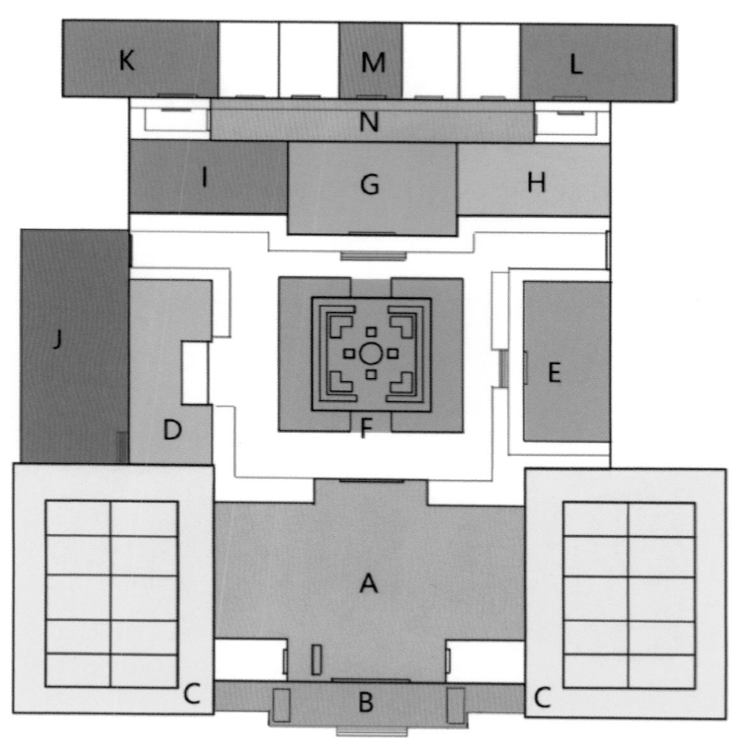

A

主廳

妖怪舉辦宴會的地方，燭光永遠不熄滅，食物永遠吃不完。

B

門廊

進入妖怪客棧必經的走廊，可以把無關的人類擋在門外。

C

客房

每間客房牆上的圖畫，會隨著妖怪房客的心情變化而變化。

D

經理室

客棧經理——鼠妖柯立的辦公室。

E

雜物間

堆滿了妖怪房客的奇怪物品，只要有耐心就能挖到寶貝。

F

中庭

種滿仙草、泉水叮咚的庭院，變幻著五彩的光。

G

貴賓室

歷代妖怪客棧老闆接待客人的地方。

H

穿堂

連接中庭和後花園的屋子，風景隨著進入的妖怪不同而變幻。

I

書房

堆滿了各種妖怪書籍，有的書本身就是個妖怪。

J

伙房

妖怪客棧的廚房，鼠妖柯立兼任主廚。

K

大客房

最高級的客房，住起來更舒服。

L

人類客房

客棧小老闆李知宵的住房，布置得適宜人類居住。

M

清潔工具間

妖怪客棧的清潔中心，負責這項工作的是螃蟹精轟隆隆。

N

後花園

種植了散發妖氣的植物，能帶給妖怪好心情。

作者序

小時候，每天夜裡淘氣，大人總是喜歡瞪大眼睛說：「麻老虎來了！」每一次我都會害怕得直發抖，乖乖按照大人的要求去做。

我家住在鄉間，夜裡一片漆黑，每次我望向窗外，心裡都明白極了：那可怕的麻老虎肯定就躲在某棵樹下，或是某片草叢裡，對我虎視眈眈。明明那麼害怕，為何還會一次次望向窗外？也許，我想要找到麻老虎，我有些盼望見到它，確定它不是父母的謊言。

自從《妖怪客棧》出版後，我被問過好多次：**你相不相信這個世界上有鬼神精怪？**我膽子小，怕黑，擔心鬼怪的攻擊，夜裡我比較相信；白天沒那麼害怕，便沒那麼相信了。不過，是否相信真有那麼重要嗎？就算它們真的不存在，我也可以假裝相信，因為，並不是所有事物都必須存在於現實世界中，它們也可以只存在於我們的腦子裡。

因此，希望你閱讀《妖怪客棧》時，相信或者假裝相信妖怪存在。也希望能帶給你一次愉快的閱讀體驗。

目次

楔子一

寶藍色的夢

群山像波浪似的，一重又一重，連綿不斷。雲霧繚繞在山間，被樹染上了淡淡的綠色，撲到臉上時，還夾帶著樹葉的清新氣息。

一隻巨大的寶藍色長尾鳥兒飛翔在這片霧海之中，和一般的鳥兒不同的是，她有兩對翅膀，寬大的羽翼包裹著小小的身軀，彷彿是天空中一顆純淨的藍寶石。她飛得太久，身上漂亮、整潔的羽毛都被霧氣濡濕了。可是，無論她怎麼飛，群山和濃霧似乎都沒有盡頭。

「還是先找個地方休息一會兒吧。」寶藍色的鳥兒自言自語。

這時，鳥兒來到了懸崖上空，一眼便看到了懸崖邊上的橙衣人。霧氣阻斷了鳥兒的視線，她根本看不清那個人的臉，可是不知為什麼，就是覺得有些熟悉。

為了弄清楚，鳥兒悄悄的靠近地面，落到橙衣人身後。在與地面接觸的一瞬間，鳥兒的爪子變成了人類的雙腳，接著，她的尾巴消失了，身上的羽毛變成一件帶花紋的藍色衣服，然後變出了人類的臉龐。這個過程只持續了幾秒鐘，鳥兒最後變成一個長著丹鳳眼的藍衣女孩，看上去不過十歲的樣子。

橙衣人覺察到身後的聲響，轉過頭來。藍衣女孩嚇了一跳，沒想到那橙衣人竟然是母親！母親對她笑了笑，她才回過神來，報以同樣的笑，然後撲進了母親的懷裡。

「太好了。」藍衣女孩忍不住說道。

「怎麼了？」母親輕聲問。

「沒事。」

藍衣女孩不願意把自己的擔憂說出來，她害怕心裡的想法一說出口就會變成事實。只要好好享受母親在身邊的此時此刻就夠了。她的心終於迎來了久違的平靜，上下眼皮不由得開始打架，很快就睡著了。迷迷糊糊之中，她似乎聽到了母親的歌聲，那熟悉、動聽的旋律像絲綢毯子，溫柔的將她和這個世界隔開，她知道自己是安全的，所以睡得更香了。

不知過了多久，母親叫醒了她。天色暗了，母親要走了。

藍衣女孩沒有說挽留母親的話，目送著母親的背影一點點在霧氣中與黑暗融合。突然，她大聲問道：「母親！我孤孤單單的留下來，該怎麼生活呢？您指引我去往蒲牢大人身邊，那我是不是只要一直追隨著她，就能獲得幸福呢？您教給我的歌，我也一直唱不好，您會放心嗎？您一定要走嗎？」

母親有些悲傷的點了點頭，似乎想開口說話。一陣風捲著雲霧靠近，吹散了母親的話語，也慢慢吹散了母親的身影。藍衣女孩衝上前去，拚命抓住母親的衣服，但母親還是消失了，她的手中只留下一片寶藍色的羽毛。藍衣女孩無力的癱坐在地上，終於忍不住哭起來。

這時，她醒了。夢裡的悲傷影響了現實中的她，她的心臟像被撕裂了一樣難受，眼角還殘留著幾滴淚水。藍衣女孩坐起來，呆呆的望著牆壁，望著石塔外的天空。又是一陣風吹來，她總算回過神來，明白自己並沒有去懸崖，更沒有見到母親。悲傷被失落代替，她像個老人家一樣長長的、深深的歎了一口氣。

藍衣女孩點亮油燈，感覺閃爍跳動的燈火裡還是滲出了寒意。她轉頭看到插在花瓶裡的寶藍色羽毛，便起身拿起來插在頭髮上。奇怪，真奇怪，她感覺這寶藍色的羽毛像鐵塊一樣沉重，壓得她脖子直不起來。於是她摘下羽毛放回花瓶裡，抬眼望著窗外天空中那些稀疏的星星。

這兒太冷了，她只想離開。可是石塔外的世界也沒有她想去的地方。她想了想，縱身躍出窗外，倏忽化成一隻寶藍色的長尾鳥兒，用有力的翅膀劃破黑暗，筆直的朝著最亮的那顆星星飛去，直到天邊出現亮光她才回來。看著自己居住的、山頭上那高聳的七層白色石塔，拂曉的風搖動著塔簷下的風鈴，叮鈴鈴、叮鈴鈴的響，像是在歡迎她歸來。

可是這家中也只有她一個成員，冷冷清清的。她坐在窗邊對著油燈，一秒、兩秒、三秒，在腦子裡計算時間的流逝。星星遲遲沒有隱去，太陽遲遲不肯出來。只不過一個晚上，幾個小時罷了，為什麼這麼漫長呢？今後的生命裡，還有多少個這樣的夜晚？

她又回到床上躺下，卻還是睡不著。這時，她突然想到：最後的最後，夢裡的母親到底想要說什麼呢？

下一次母親再入夢，說不定就會把話說完了，那時候得好好聽清楚。

可是，後來她再也沒有夢到過母親。那就只好努力活著，自己尋找答案。於是，她重新把寶藍色的羽毛插在頭上。這是母親留下的羽毛，即使再沉重，她也要和這片羽毛一起努力奔跑在新的生活裡。

不知不覺中，一百多年過去了。

楔子二

新的旅程

從外表看，李知宵是一個非常普通的十一歲男孩。他的臉圓圓的，眼睛也圓圓的，那一頭自然捲的頭髮無論怎樣用心打理，都是亂蓬蓬的。在親戚和老師眼中，他安靜、乖巧，不喜歡出鋒頭，也不會到處惹麻煩，當然就不夠引人注目了。

唯一讓人有些訝異的地方是，李知宵的爸爸因為意外過世之後，他繼承了一棟看似毫不起眼的灰色大樓，但不知為什麼，樓裡卻總是人來人往，好不熱鬧。那棟樓就是大名鼎鼎的妖怪客棧，名叫金月樓，是專門接待妖怪房客的客棧。只有妖怪或是跟妖怪很有緣分的人類，才能看到妖怪客棧是多麼的金碧輝煌，絲毫沒有外人眼裡看來的破敗之氣。如今，李知宵正是妖怪客棧的小老闆，妖怪房客的房東。

你可別以為當妖怪的房東是一件多麼輕鬆、有趣的事！那些妖怪房客最擅長拖欠房租，又賴著不肯搬走，根本是白吃、白住。另外，他們總有許多麻煩要找知宵處理。最近，知宵比較煩惱的是山妖咕嚕嚕和嘩啦啦的事。他們倆是知宵收服的手下，不過他們完全不服從知宵的命令。知宵讓他們幫助螃蟹精轟隆隆打掃環境，他們卻想盡辦法偷懶，轟隆隆已經忍無可忍，準備罷工了。

除此之外，還有很多雞毛蒜皮的小事。比如說，某一天，麻雀妖白若把知宵叫到客棧裡，只是因為停電了，他想要知宵幫忙保護他那一大堆快要融化的冰淇淋！知宵的太奶奶是一隻雪妖，所以他也繼承了能讓水結冰的能力。

知宵的正常體溫也比普通人低，夏天的時候，妖怪房客們沒事也會主動貼上來，可能只是把他當成冰塊，圖個涼快。

還有，妖怪客棧裡年紀最大的山羊妖曲江時刻以知宵的教育者自居，一直想讓知宵提高自己的法力，早日成為獨當一面的人物。他在妖怪客棧裡安排了一間練習室，讓知宵待在裡面練習讓水結成冰，製作冰雕。不久前，山羊妖曲江又有了新主意，他對知宵說：「既然你繼承了金月樓，也該把你太奶奶、你爺爺和你爸爸的妖怪朋友一併繼承下來。因此，我想帶你四處拜訪、走動，你覺得怎麼樣？」

知宵也想結交更多的朋友，於是點頭答應了。之後，知宵偶而就會和山羊妖曲江一起出門拜訪妖怪，聽他們講一些關於太奶奶、爺爺和爸爸的逸聞和趣事。知宵還說起不久前太奶奶出現在客棧裡的事，不過她沒有表明自己的身分，而是變成了一隻小白狗，她幫了知宵的忙，又悄悄離開了。

「這就是她，她確實會這樣做！」那些認識太奶奶的妖怪都這樣說。

「我還是想和她再見一面，我有很多事情想要問她。」知宵說。

「不要著急，她做事情全憑自己的興致，或許你們明天就能見面了。」一個妖怪說。

「或許你們再也不會見面了。」另一個妖怪說。

這個話題沒有任何進展，也沒必要再進行下去。接下來，大家當然要一起吃晚飯。

「你太瘦了，隨便一陣風就能把你颳倒。多吃點，多吃點！」

妖怪東道主們總是這樣說，還不停往知宵的碗裡挾菜。知宵每天都吃得心滿意足，可是最後有沒有「繼承」這些屬於長輩的朋友，知宵就不確定了。他甚至沒辦法將許多妖怪的名字和他們的臉正確的對應起來。

不過，有一件事不由得讓知宵有幾分懷疑。新學期的第一天，鄰座的同學一見到知宵，便驚訝的叫道：「你胖了，比放假前大了一圈！」知宵這才仔細打量鏡子裡的自己。天哪！他差點沒認出自己來。再這樣下去，恐怕連媽媽都會嫌棄他。

「不行，今天我必須少吃點！」

當知宵第三次這樣提醒自己時，新的旅程又要開始了。

第一章

鹿吳山的聚會

那是九月第一個星期五的傍晚，天空晴朗、高遠，空氣中瀰漫著熱氣，可是沒有一絲風。這是因為夏天雄心未泯，想在離開之前，最後一次炫耀自己的力量。放學後，知宵和同學柳真真結伴來到妖怪客棧，今天，他們準備去拜訪太奶奶的一位老朋友。

真真和知宵一樣是五年級的學生，她個子高高的，喜歡梳丸子頭，有一雙漂亮的大眼睛。和知宵不一樣的是，真真永遠生氣勃勃、風風火火、不知疲倦。她和知宵一起跟隨龍子螭吻修行，又喜歡湊熱鬧，所以嚷嚷著要跟知宵一起去妖怪家串門子。

山羊妖曲江正在客棧主廳裡等著知宵。遠遠的，知宵就看到了曲江腦袋上那對彎彎的山羊角，走近之後，還聞到從他的鬍鬚散發出來的濃烈香水味。他發現曲江的頭上全是髮油，還穿著熨得異常平整的禮服。知宵驚訝得瞪大了眼睛——曲江打扮得也太隆重了！

「曲江，你怎麼了？難道是中暑了？」知宵關切的問。

「沒什麼，我很好。我只是不想給相和留下不好的印象。」

曲江有些不自在的回答。看來，他也不太習慣打扮得如此正式、拘謹的自己。

「相和」就是今天大家要去拜訪的妖怪，她是太奶奶的朋友。聽說太奶奶還是一隻小雪妖時，曾在相和家住過一段時間，受過相和很多照顧。以前逢年過節時，知宵的爺爺和爸爸也會去探望她。今天是相和的生日，知宵當然也該主動前去拜訪，這是應有的禮節。

「知宵，這是今天早晨收到的包裹。」曲江指了指茶几上的木漆盒子，漆黑的盒身上描畫著朱紅色的抽象花紋，「這是你太奶奶寄來的，說是送給相和的禮物。她真是幫了我一個大忙，我還一直在想要替你準備什麼禮物送給相和比較好呢！」

知宵和真真都湊到了木漆盒子面前仔細觀察。它是長方形的，大概可以裝下三本書的樣子。

盒子裡面裝的是什麼呢？

雖然禮物是給相和的，但是知宵滿心好奇，還是忍不住想要打開盒子瞧一瞧。不過，這盒子似乎被某種法術鎖住了，怎麼都打不開。看來太奶奶也猜到知宵可能會想要打開它，所以預先做了防備。知宵只好放棄。

歇息一會兒之後，天氣沒那麼熱了，知宵、真真便和曲江一起出發。他們三人穿過中庭，來到妖怪客棧的側門。曲江打開門，大家便消失在一片模糊的光景之中。

原來，這扇門外就是仙路。這些路四通八達，錯綜複雜，有時候能在數分鐘之內把你帶到幾千里之外的地方，或者是人類不能踏足的仙境。瞧，如果你了解仙路，去外地旅行就會變得異常方便。當然，仙路是屬於妖怪的路，入口大多非常隱蔽，一般的人類很難發現它們。仙路裡面，不像白天也不像夜晚，光線總是有些昏暗，時不時的，還會有仙境或是人類世界的影子投射到這條路上來。有時候影子太多了，令人眼花撩亂，產生自己正在逛市集的錯覺。

相和住在鹿吳山上，那座山藏在離海很近的森林裡，但它離妖怪客棧很遠，如果不借助仙路，恐怕大家今天晚上沒辦法到達那兒。曲江非常高興，他的激動與興奮全都化成難聽的曲子，源源不斷的從嘴裡飄出來，折磨著知宵和真真的耳朵。歌聲裡還不時夾雜著幾聲「咩咩咩」的山羊吼，真不愧是山羊妖！

「我們到現在還不知道相和究竟是什麼妖怪呢！」真真說，「曲江，您能說說關於她的事嗎？」

曲江終於不再唱歌了，他說道：「相和是一隻傷魂鳥，她家就在風來山莊旁邊的鹿吳山上，她也是鹿吳山的山神。你們知道風來山莊嗎？」

「我知道！」知宵搶著說，「那是蒲牢的家。」

蒲牢是龍王的第四個孩子，也是螭吻的姊姊。半年多以前，知宵成了螭吻的弟子，多多少少調查過自己師父的家庭成員。身為龍女的蒲牢似乎不喜歡大海，也不喜歡海底的龍宮城，長年生活在陸地上。蒲牢樂善好施，關心弱者，親切、溫和，是龍宮九子中人氣最高的一個，有很多崇拜者和追隨者。

「聽說風來山莊也是一家療養院，那些生病的、心情不好的、感覺很疲憊的妖怪，都喜歡在那兒住上一段時間，調養身心。」真真補充道。

曲江點點頭，說道：「沒錯。相和一直跟隨在蒲牢大人身邊，在風來山莊中長大，就像蒲牢大人的女兒一樣，她以前還在風來山莊工作過。傷魂鳥天性慈悲，憐憫逝者，有時候她們會出現在墳頭，為死者唱悼歌。古代人還為她們創造了一個淒美的傳說——有一位女子被老虎吃掉，悲慘的死去，她的靈魂化成傷魂鳥徘徊在墳地裡，用悲淒的歌聲訴說心中的傷痛。不過相和不僅會唱悲傷的歌，也會唱歡快的歌。她的歌聲有打動人心的力量，讓人歡喜，讓人憂愁，讓人痛哭，讓人如釋重負。傷魂鳥是天生的歌唱家。我年輕的時候有幸聽相和唱過一次歌，也不怕你笑話，當時我感動得涕泗滂沱。這個世界上有相和，實在太好了！之後，我一直以相和為偶像，讓自己的歌聲更動聽。」

曲江那雙有些混濁、灰暗的眼睛裡，似乎快要冒出星星來了。知宵也好奇極了，想要親耳聽聽相和那神奇的歌聲。

「相和有一首最拿手的曲子，聽完的妖怪，無論多麼沮喪，都能找到勇氣，是名副其實的〈生之歌〉呢。來，我唱兩句給你們聽聽。」曲江忍不住又唱了起來。

真真趕緊堵住了耳朵。知宵卻擔心如果他也堵住耳朵不聽，曲江可能會難過。於是，他悄悄的加快了腳步，拉開自己和曲江之間的距離。

「求求你快點唱完吧，曲江。」知宵小聲嘟囔著。

真真追趕上知宵，氣呼呼的說：「我覺得你應該召集妖怪客棧所有的房客，讓大家好好說說對曲江歌聲的真實感受。」

「但是，唱歌是曲江最大的愛好啊！」知宵無奈的說。

「那也可以勸他只在自己的客房裡唱呀！」

知宵沒再說什麼，因為他很清楚，要在爭論中勝過柳真真難度太大。幸好這首歌並不長，知宵和真真很快就解脫了。不一會兒，他們就走出了仙路。

放眼望去，四周盡是鬱鬱蔥蔥的大樹，薄薄的霧氣繚繞在樹與樹之間。不遠處，有一個草綠色的大湖，清澈的湖水倒映著周圍高低起伏的墨綠色山嶺。湖岸邊露出高高低低的青色屋頂和白色的牆壁，看起來有些神祕，不像是人類居住的地方。

曲江指著大家左前方的那座小山，半山腰上有一座醒目的乳白色尖塔。

「那兒就是鹿吳山了。」曲江說。

「湖邊的房子是蒲牢的風來山莊嗎？」知宵問。

「沒錯。」

風來山莊裡會是怎樣的情景呢？此刻蒲牢在不在家呢？她正在做什麼呢？知宵真希望有一天螭吻能帶他和真真去龍宮參加龍族的家庭聚會，他想親眼見見螭吻的兄弟姊妹，而不是透過上網和看書查閱到的資料，猜測他們的生活會是什麼樣。

想著，想著，知宵跟著曲江走上了去鹿吳山的蜿蜒小路。腳下的落葉發出細碎的響聲，如果你仔細聽，會發現有點像下雨的聲音。四周真安靜啊，偶而聽到的一兩聲鳥鳴，似乎都在很遠、很遠的地方。

乍看之下，鹿吳山沒什麼特別之處。可是，這座山上種滿了松樹和柏樹，遮擋住了所有的陽光，顯得異常陰森、昏暗。明明沒有風，樹葉也不停的搖來晃去，似乎隨時會甦醒過來。而且還不時有細弱的歌聲鑽進知宵的耳朵裡，聽得他渾身發冷。知宵趕緊跑到曲江身邊，抓住他的手臂。

「別害怕。相和有些像小孩子，喜歡弄些小把戲，故意嚇唬上山的人和妖怪。」曲江說。

可是，知宵還是覺得鹿吳山和相和好像都不歡迎他。他轉頭看了看真真，發現她瞪大了眼睛，手拿著毛筆，警惕的打量著四周的情況，似乎隨時準備對付來自任何方向的敵人。那支毛筆是柳真真的外婆送給她的，能感受到邪惡的妖怪氣息。不過，它不太喜歡服從命令，需要真真對它說不少奉承話，才肯勉為其難的工作。

「不過，你們倆警惕性高，這是好事。」曲江捋了捋鬍子說道。

說著，他們已經到了鹿吳山山頂。落葉堆積而成的小路一直延伸到白色石塔下方，這座石塔總共有七層，每一層的屋簷下都掛著風鈴；這時候風鈴正輕快的搖晃著，叮鈴、叮鈴的響，發出悅耳、動聽的聲音。山頂上樹不多，橘紅色的夕陽照射在白色的塔身上，一切顯得如此溫暖、親切。一路上落在知宵身上的陰森和他的擔憂，全都消失無蹤了。突然，知宵心裡一動，停下了腳步，目不轉睛的望著石塔。

「我以前好像看過這座塔。」知宵說，「曲江，我是不是來過鹿吳山？」

「原來你還記得啊！沒錯，你很小的時候，你爸爸帶你來過幾次。」曲江說。

「那他後來為什麼不帶我來了呢？」

「我也不太清楚，可能因為他來鹿吳山的時候，你都在上學吧。」曲江說。

知宵沒再繼續思考這個問題，因為妖怪們的吵鬧聲和歡笑聲從石塔的大門裡飄出來，趕走了所有的靜謐，吸引了他的注意力。今天是鹿吳山山神——傷魂鳥相和的生日，看來，這座石塔裡有許多妖怪客人。

知宵有些緊張，忍不住伸手抓了抓自己那一綹兒翹起來的頭髮，想讓它們服貼一些。然後，他深吸了一口氣，跟在曲江和真真身後，昂首挺胸走進石塔裡。

迎面而來的是一束強烈的陽光。真奇怪，這座石塔的窗戶明明那麼狹窄，外面世界的陽光卻像是長了腳一樣，都從窗戶擠了進來。

一個龐然大物矗立在知宵面前，那是一尊大紅色的雕像。雕像高兩米多，是一個穿著道袍的人，還用寬大的袖子遮住了半張臉，露出兩隻圓滾滾的眼睛和額頭上那條豎著的傷痕。

「咩，各位，打擾了！」曲江高聲說。

沒有人回答，曲江和知宵繞過雕像往前走，知宵彷彿聽到雕像奶聲奶氣的說了一句：「福壽雙全。」

雕像也是妖怪嗎？知宵忍不住伸手摸了摸雕像的袖子，冰冰涼涼的。雕像一動不動。他小跑幾步跟上曲江，發現這間屋子裡還有許多大小不一的雕像和陶瓷玩具，有人、有動物、有長相滑稽的怪獸，看起來是從世界各地蒐集來的有趣收藏品。最裡面的牆壁上有一扇窗戶，一叢藤蔓從窗外爬進來，覆蓋了牆壁的一大半，還纏住了幾尊雕像，伸得最遠的枝條繞在樓梯扶手上。這些木樓梯盤繞而上，通往二樓。

莫非這鹿吳山的山神相和還是一個收藏家？知宵一時忘了自己來這兒的目的，仔細打量起相和的收藏品來。

「哪裡來的人類氣味！」

不知誰突然吼出這樣一句話，打斷了知宵的思緒，也吸引了其他正在吃喝談笑的妖怪的注意力。大家紛紛把目光投向知宵和真真，警惕的在心裡揣測他們倆到底是什麼人。

「大家別擔心，我們不是壞人。我是山羊妖曲江，住在名叫金月樓的妖怪客棧。這個男孩是李知宵，也是現今客棧的小老闆、雪妖章含煙的曾孫。這個小姑娘名叫柳真真，是李知宵的同學。這兩個人類孩子都是螭吻的弟子。今天我們特地前來拜望山神相和，為她慶祝生日，也希望能與諸位結識。」曲江大方又禮貌的說。

柳真真大大咧咧的朝大家揮手，笑得眼睛瞇成了一條縫。知宵也趕緊照做。可是這麼多目光都停留在知宵身上，讓他感到很不自在，無論是揮手還是微笑都顯得異常僵硬。

眾妖怪又開始竊竊私語，可是他們的目光久久不願意挪開，似乎不太相信曲江的話。這能有什麼辦法呢？因為妖怪客棧的大多數房客都是些名不見經傳的小妖怪。這時，一位穿著花衣裳的妖怪走出來，說道：「他們說的是真話。前不久，在下曾在妖怪客棧借住過一晚，見過這位小老闆，在下可以作證。」

知宵好奇的打量著眼前的妖怪。他的身體圓滾滾的，腦袋也很圓；頭頂光禿禿的，臉蛋紅通通的，像是從年畫裡走出來的胖娃娃。此外，他的背上還掛著斗笠，又像是剛剛幹完活兒回家的農夫。要不是他開口說話了，知宵可能會把他和周圍的雕像混淆。然而，知宵對這位先生的臉毫無印象。妖怪客棧裡客來客往，要記住每一位房客並不是一件簡單的事。不過，這位先生的聲音很有特色，知宵似乎有些印象。

「我也聽說過蟜吻大人近來將兩個人類孩子收入門下的事兒。」一個長相甜美的妖怪姊姊說，她沒穿鞋子，露出兩隻鳥爪子。

她看了看知宵，目光又轉向真真，說道：「如果這個小男孩是妖怪客棧的小老闆，那你應該就是那個小小的捉妖師。你應該是咱們妖怪的敵人，跑到這兒來做什麼？」

「警察會把人抓起來關進監獄，難道他們就是所有人的敵人嗎？他們只是壞人的敵人。只有當你們做出傷害人類或是其他妖怪的事，我們捉妖師才會對付妖怪。其他時候，我們應該是朋友。」真真說。自從開始和妖怪打交道，她已經被問過許多次類似的問題，早把答案倒背如流了。

「別把自己的工作說得這麼偉大！不過，就憑你的法術，恐怕也對付不了我們。螭吻大人怎麼可能把你們兩個沒天分的普通小孩收入門下呢？別想騙我！」長著鳥爪子的妖怪姊姊笑了一聲，朝不遠的地方努努嘴，「不過嘛，如果是螭吻大人的弟子，一定有勇氣嘗一嘗這種妖怪喜歡的飲料。」

離她不遠的一個綠頭髮妖怪伸出手臂來，他的手臂可真長，至少有兩公尺！長臂妖怪來到知宵和真真面前，兩隻手裡分別握著兩小杯飲料。飲料分別是深藍色和深紫色的，看起來很漂亮。可是瞧瞧長著鳥爪子的妖怪姊姊的表情就該明白，這些飲料一定像毒蘑菇一樣，越鮮豔越恐怖。知宵吸了吸鼻子，沒聞出飲料有什麼氣味，他的感覺更糟糕了。

「快喝下它來證明你們的身分吧。」長著鳥爪子的妖怪姊姊微笑著說。

「沒錯，嘗嘗看！」長臂妖怪嚷嚷道。

其他的妖怪客人都跟著起哄，知宵有些為難的看著眼前的飲料，又看了看四周這些一臉壞笑的妖怪。這時，知宵看到了一個梳著道士髮髻的男人，竟然是姑獲鳥金銀先生！他再仔細瞧了瞧，果然又看到金銀先生旁邊有一張熟悉的蒼白面孔。那是他的同班同學沈碧波。

沈碧波不僅是知宵的同學，還是姑獲鳥首領十九星的養子，最近還成了龍王三女兒嘲風的弟子。他的頭髮總是梳得整整齊齊，大風也吹不亂，鞋子上也永遠不會沾上灰塵。無論何時何地，他看起來都不太高興，好像整個世界的人都在惹他生氣。

看來，鹿吳山山神相和的生日聚會，也少不了邀請姑獲鳥家族呢。

知宵忍不住說道：「沈碧波。」

「說什麼呢？」長著鳥爪子的妖怪姊姊一臉詫異，「這飲料就是波波發明的呀！」

沈碧波點點頭，得意的說道：「知宵、真真，你們也來啦！快喝吧，這是我新調配的飲料，味道應該不錯。」

其他的妖怪客人又開始起哄，真真使勁瞪了沈碧波一眼，說道：「我才不會輸給你！」然後她仰起脖子，一口氣喝乾了那可疑的液體。真是豪傑！知宵有時候懷疑填充柳真真身體的不是血和肉，而是膽量。不過很快的，柳真真的臉皺成一團，痛苦又生氣的大叫起來，彷彿下一秒鐘就會變身成妖怪了。

知宵不太明白為什麼會這樣，他深吸了一口氣，把飲料灌進自己的喉嚨裡。真奇怪，這飲料像水一樣，沒有任何味道。

長臂妖怪有些失望，嚷嚷道：「波波，怎麼這杯飲料一點效果也沒有，和人類的飲料有什麼區別？」

「再等一等，效果很快就出來了。」沈碧波一副胸有成竹的樣子。

妖怪們的目光一齊投向知宵——只見兩行眼淚不由自主的從他的眼睛裡滾落，滑過他的臉龐，掉落在地上，啪嗒、啪嗒，怎麼也止不住。知宵一臉茫然，因為他根本不想哭。

金銀先生掏出一條手帕遞給知宵，眼神裡充滿歉意。每次知宵被迫成為沈碧波的試藥小白鼠時，金銀先生都會滿懷歉意，可是知宵更希望他阻止沈碧波。誰讓金銀先生是沈碧波的管家呢？

知宵擦乾眼淚，不服氣的說：「我才不會被這種奇怪的藥打敗，我馬上就恢復正常了！」

「好吧，別生氣了，算你們倆過關了。」長著鳥爪子的妖怪姊姊忍住笑說，態度柔和了不少。

知宵突然反應過來，他們上鹿吳山是為了慶祝相和的生日。但是，這裡到處都是喜歡惡作劇的妖怪，相和又在哪裡呢？於是知宵擦掉眼淚問道：「莫非您就是鹿吳山的主人相和嗎？」話一說完，眼淚又掉了下來。

「當然不是。她從剛才就把我們扔在宴會上，不知道躲到哪裡去了。」長著鳥爪子的妖怪姊姊笑著說，又扯開嗓門叫道，「相和，快出來吧！」

「看哪，她在那兒！」

長臂妖怪伸手指著知宵的右後方，知宵再一次擦乾眼淚，轉過頭去，目光經過二樓和三樓的木欄杆，最後停在四樓那個寶藍色的身影上。

第二章

從天而降的禮物

那個寶藍色的身影安安靜靜的待在四樓。那是一隻鳥兒，長長的尾巴垂在欄杆外面。接著，鳥兒張開翅膀飛了起來，在半空中繞著圈靠近大家。落地的一瞬間，鳥兒化成了一個穿著藍色衣服的小女孩，袖子又大又長。她長得很漂亮，看起來大概十二、三歲，只比知宵高半個頭，還有著一雙細長的丹鳳眼。她的頭上插著一片寶藍色的羽毛，又長又大，很引人注目。

小女孩一直笑瞇瞇的看著知宵，有一種遙遠的親切感從記憶的角落裡湧出來。知宵明白他以前一定見過相和，卻想不起任何細節。這就是鹿吳山的山神相和吧！鳥兒形態的她看起來如此莊嚴、華麗，而變作人類外形的她又如此天真、親切。

「知宵，禮物。」曲江小聲說。

知宵這才反應過來，趕緊把手中的木漆盒子遞給相和。這時，他的眼淚又止不住了；他狼狽極了，只好低頭擦掉眼淚。

於是，曲江只好用結結巴巴的聲音代替知宵說道：「相、相和大人，這是我家小老闆送、送給您的生日禮物！」

「什麼大人？聽得我雞皮疙瘩都出來了！曲江，為什麼你每次都這樣？我到底是什麼地方嚇著你了？」相和開口說道，聲音尖尖細細的。

曲江使勁搖頭，臉上露出了幸福的笑容。別看他是妖怪客棧裡年紀最大的妖怪，但是當見到心目中的偶像時，他和小孩子沒什麼區別。

相和雙手拿著木漆盒子，似乎漫不經心的觀察著盒子上的裝飾。過了一會兒，她抬起頭來看著知宵，眼睛亮閃閃的，說：「原來你就是章含煙的曾孫。李知宵，這盒子裡面是什麼？」

「這……」知宵總不能說自己也不知道吧，他想了想說，「您打開看看就知道了。」

相和笑了起來，輕輕鬆鬆便打開了盒蓋，然後，她目不轉睛的盯著盒子裡面的東西。知宵也伸長脖子瞧了瞧，發現那是一個鈴鐺。它已經很舊了，讓知宵想到了在博物館看到的青銅編鐘。

「啪」的一聲，相和合上蓋子，笑得更開心了。她對知宵說道：「知宵，這是我今天收到的最好的生日禮物！」

「那個鈴鐺是什麼寶貝？」一旁的真真忍不住問道。

「你們馬上就知道了。李知宵、柳真真，很高興你們能來參加我的生日聚會。最近我在妖界聽說過不少關於你們的事兒。」相和打量著知宵和真真說，「看呀！你們都是活生生的人類孩子呢！咱們妖怪聚會，酒是主角，你們年紀還小，按理不可以喝酒。你們想喝什麼飲料？我可以拿給你們。」

相和邊說邊指著房間的角落。知宵這才注意到，那兒放著好多罈子，裝滿了各色飲料和酒。

知宵和真真才喝了沈碧波調製的奇怪飲料，紛紛搖頭說：「別客氣，我們已經喝過了。」說著，知宵的眼淚又流了下來。真討厭！知宵只好低下頭去繼續擦眼淚，等他抬起頭來時，相和已經不見了。知宵左看看、右看看，聽到身後傳來了響亮的掌聲。他回過頭，發現相和站到了紅衣雕像的腦袋上。

「我好久沒請大家上鹿吳山來啦！真怕招待不周。大家玩得還高興嗎？」相和大聲說。

「高興，在鹿吳山上總能盡興！」長臂妖怪搖頭晃腦的說道，「而且今天的酒特別好喝！」

「那就好。剛才，李知宵他們代表妖怪客棧來了，他帶來一份了不得的禮物。為了感謝他，我就借這禮物再給大家一個驚喜！大家可要睜大眼睛看好喲！」

相和再次拿出木漆盒子，在食指尖轉了幾圈，拿出裡面的大鈴鐺，然後把盒子塞進自己那寬大的袖子裡。接著，她輕輕晃了晃鈴鐺。這時，似乎有什麼聲音鑽進了知宵的耳朵，但是他形容不出來，甚至不太確定自己是不是真的聽到了聲響。不過，這聲音裡一定擁有巨大的力量，大大小小的雕像、玩偶和裝飾品開始輕輕搖晃，像是要回應鈴聲的召喚。作客的妖怪們左顧右盼，開始竊竊私語。

這時，相和加大了搖晃鈴鐺的力道，整座石塔都跟著晃動起來。知宵低頭看著石板鋪成的地面，感覺它隨時會裂開，把大家吸進地底去。

「相和，你拿的鈴鐺到底是什麼東西？」一個妖怪問道。

相和笑而不語，繼續搖晃鈴鐺。這次，鈴鐺搖晃的速度更快了，那充滿力量的聲音傳得更遠，力量也更強。桌上的橘子、蘋果和水蜜桃紛紛滾落到地上，像是感應到危險一樣，不知道最後停在哪個角落，把自己藏了起來。

知宵終於不再繼續掉眼淚了，他抬起頭來看著相和。這時候，一片羽毛從天空中飄落下來。它的顏色像長在孔雀脖子上的羽毛一樣，很漂亮。知宵伸手抓住了羽毛，這時候，長著鳥爪子的妖怪姊姊從門外跑進來，嚷嚷道：「不得了了，大家快出來瞧瞧，鹿吳山飛起來了！」

第三章

鹿吳山上天了

鹿吳山真的在空中飛！

鹿吳山就像一隻學飛的小鳥兒，飛得很謹慎，也飛得很糟糕。它不是朝左拐，便是向右偏，每次都只差那麼一點點就要在空中翻觔斗了。石塔裡的眾多妖怪客人以及知宵、真真、沈碧波可倒楣了，也得跟著搖來晃去。最後，鹿吳山猛地抖了一抖，似乎是撞上了什麼東西。

會不會是撞到了旁邊的山呢？知宵忍不住轉頭看向窗外。不過，石塔的窗戶很高，他只能看到伸到窗前的樹枝和後面那高遠、湛藍的天空。

也就是從這時候開始，鹿吳山平靜了下來。相和笑了起來，停止晃動鈴鐺，變戲法似的從袖子裡掏出一瓶橙黃色的飲料來，看上去很像柳橙汁。沒有了鈴聲的指揮，鹿吳山筆直的朝地面墜落下去。還好，相和咕咚、咕咚喝了幾大口飲料後，又把瓶子塞回袖子裡，再從袖子裡掏出那個鈴鐺繼續搖晃著，鹿吳山便重新飛了起來，並朝前飛去。

「這驅山鐸也不是什麼難以操控的玩具嘛！」相和說。

「驅山鐸？」知宵喃喃念著這幾個音節，轉頭問曲江，「驅山鐸是什麼？」

「這可是了不得的寶貝！驅山鐸是可以指揮山體運動的寶物，傳說曾為人類的皇帝秦始皇所有，是睚眥大人製造的。」曲江說。

睚眥也是大有來頭，他是龍王的第二個孩子，螭吻的哥哥。據說他是機械製造方面的行家，他創造出來的東西當然威力十足。沒想到太奶奶竟然擁有這樣貴重的寶貝，更沒想到她會爽快的把它送給相和。看來她和相和的關係一定很親密。

「什麼？驅山鐸是玩具？虧你還是山神呢！」長臂妖怪先生揉了揉撞疼的額頭說，「相和，你怎麼總是這樣，難道你不知道和朋友往來的正常做法嗎？」

相和沒有回答，只是笑了笑，然後縱身躍起，踩著紅衣雕像的腦袋跳到石塔的窗戶外。

其他妖怪客人雖然也有怨言，但大家更想知道鹿吳山正朝著哪個方向飛去，便紛紛湧出石塔，想要看個究竟。知宵、真真和沈碧波也跟著跑了出去。順著鈴聲傳來的方向望過去，知宵看到了塔頂上相和那嬌小的身影。同時，他還看到空中有幾個長翅膀的妖怪飛速趕來，逼近相和。他們全都身穿淡藍色的衣服。

「相和，你這是要幹什麼？鹿吳山怎麼飛起來了？」一個長翅膀的妖怪大聲質問。他的聲音很嚴厲，知宵的班主任訓斥學生時，說話的語氣就是這樣的。

「哼！你們不是風來山莊的員工嗎？我早就不在風來山莊工作了，我要幹什麼，你們可管不著！」相和說，「我是自由的，鹿吳山也是我的。你們回去吧！」

「那怎麼行？你不能一聲不吭就指揮著鹿吳山飛走啊！蒲牢大人現在不在家，等她回家時，絕對會大發雷霆！」

「哼！我知道，我比你們都清楚得多。」

相和從袖子裡掏出一大把綠色的團子，朝那些妖怪扔過去。它們就像小小的青蛙一樣跳了起來，「噗」的一聲炸開，化成一大團濃霧，將長翅膀的妖怪們團團包圍。趁著這個機會，相和拔下頭上的羽毛，在空中揮舞了幾下，一陣狂風湧起，把濃霧連同霧裡的妖怪一塊兒搧得遠遠的。接著，相和以更快的速度搖晃鈴鐺，鹿吳山瞬間加速前進，地面變得搖晃起來，知宵重心不穩，朝後倒下。幸好，在他身後已經有不少摔倒的妖怪，所以沒有摔得太慘。

相和看了，得意的笑著說：「這天底下，我最擅長的事情就是逃跑，你們又不是不知道！」

鹿吳山上的妖怪客人，有的像打了勝仗一樣，高聲歡呼起來；有的則面色凝重，沉默不語，似乎認為相和的行為不太妥當。

「你知道，相和幾乎可以算是蒲牢大人的女兒吧？」長著鳥爪子的妖怪姊姊問，知宵趕緊點頭。

長著鳥爪子的妖怪姊姊繼續說：「可是，最近這些年，相和與蒲牢大人的關係越來越差了，前不久還大吵了一架。相和心裡不痛快，一定會做出什麼過分的事情來，就是沒想到是這樣的異想天開，居然在自己生日的時候用驅山鐸把鹿吳山搬走了！李知宵，看來你真不是一個簡單的人類孩子，真是給相和送了一件好禮物呢。」

「真的嗎？」知宵有些困惑。他不知道相和和蒲牢之間的恩怨，只是覺得山神指揮一座山飛到空中，可是一輩子難得一見的景象。

「真不可思議！幸好我今天跟你過來了。」真真說著，朝知宵眨了眨眼。

風來山莊的員工再也沒有追過來，大家這才鬆了一口氣。石塔被大樹包圍，要想看清天空中的景象，真是不容易；這時，也不知是誰帶頭，大家紛紛爬到了石塔的第七層，伸長脖子張望著窗戶外的景象。

放眼望去，地面是連綿起伏的青山，青山之外是灰色盒子形狀的建築，那是人類的城市。如果這時候有人心血來潮抬頭看，會不會發現這座高空中的山呢？

還是說，相和已經用障眼法讓地面上的人誤以為他們看到的是一隻老鷹、一個風箏，或者是一個氣球呢？可惜現在天色暗了，大家可能什麼都沒注意到吧！

更遠、更遠的地方，天與地融合在一起，茫茫一片，知宵看到一個小黑點，覺得那可能是一艘船，說不定那邊是大海。知宵坐過飛機，也曾騎在妖怪身上在天空中飛行，但都不如站在一座會飛的山上舒服、暢快。鹿吳山太酷了，剛剛那陣顛簸雖然讓人感覺有些難受，但並非毫無意義。

「相和，我們要飛去哪兒呢？」真真衝著房頂的方向大聲問，她的聲音裡有掩飾不住的興奮。

「沒什麼目的地，你們就好好感受風的暢快吧！」

驅山鐸發聲的節奏變了，鹿吳山受它的指揮，時上時下、時快時慢，像在跳舞一樣。石塔裡的妖怪們和知宵、真真、沈碧波也被搖晃著從石塔的一側摔向另一側。

有幾位妖怪客人酒醒了，開始抱怨道：「相和，你能不能別玩了？」

「不是我要玩，我現在操控驅山鐸還不太熟練，你們先忍耐一下，找個安全的角落站著！」

知宵環顧四周，想要找到那樣的地方。這時候，長臂妖怪先生伸出胳膊來，把真真、知宵和沈碧波拉到他身邊去，緊緊箍住他們。別看這位先生長得五大三粗，原來有這麼細緻的一面，知宵忍不住說道：「謝謝您！」

「不用道謝，今天大家有幸相聚，便是緣分。」

沒過多久，鹿吳山便平靜了下來，驅山鐸晃動的節奏也變慢了。知宵來到窗前，看到一隻奇怪的黑犬正踩在塔邊一棵老樟樹的樹梢上望著相和。他很瘦，四條腿很長，就像是一團黑暗凝聚而成的。

「流火，你怎麼也來了？」相和說。

「你快回去吧，相和。」黑犬流火的聲音低沉、沙啞，像嗓子發炎了似的，「蒲牢大人還沒回家，我們不會把這個小插曲告訴她的。」

「多謝你為我著想，流火。可是今天太熱了，我得找個涼快的地方待著，這樣對我的客人也禮貌。」相和說。

「你為什麼總是如此任性呢？」黑犬嗓門變大了一點。

「你為什麼總是如此嚴肅呢？」相和不甘示弱的說。

流火沒有回應，相和也不再說話。不過，就算是對妖怪氣息比較遲鈍的知宵，也感覺到了飄浮在空氣裡的絲絲危險。他身邊的其他妖怪客人全都不說話了。黑犬流火張開嘴巴，露出牙齒，它們在陽光下反射著可怕的光芒。接著，黑犬流火的兩條後腿一蹬，便從樹梢上彈起，撲向相和。相和輕盈、敏捷的閃開，衝著知宵所在的窗口撲了過來，眼看著就要撞到知宵的臉上了。

「知宵，你拿著這個。要不停的搖晃它，明白嗎？」相和趁機悄悄對知宵說。

「可是我不知道該怎麼……」

知宵的話還沒說完，相和就把鈴鐺——也就是驅山鐸——塞進了他的懷裡。驅山鐸能夠指揮這樣沉重的鹿吳山，知宵覺得它一定也不普通，說不定像孫悟空的金箍棒一樣，有一萬多斤重。

於是，知宵準備使出十一年生命裡累積的所有力氣來搖晃這個神祕的鈴鐺。可是，當他接過驅山鐸，發現它並不重時，不禁有些吃驚。他搖晃起驅山鐸來，它卻沒有發出任何聲音。沒有了鈴聲，鹿吳山瞬間失去了生命力，筆直的朝地面墜落。真糟糕，知宵的眼前浮現出鹿吳山砸壞一大堆建築物的場景，這樣的新聞一定會轟動全球，說不定大家會以為世界末日來了。

真真和沈碧波見狀，趕緊跑過來伸手幫知宵一起搖晃驅山鐸，這個頑固的大鈴鐺終於響了，鹿吳山也隨之活了過來。可是，指揮驅山鐸並不是一件容易的事，鹿吳山就像喝了幾大瓶酒的醉漢，在空中搖搖晃晃。山上的妖怪們要麼互相撞擊，要麼撞上了牆壁，到處響起「哎喲、哎喲」的叫苦聲。

「讓我來！」長著鳥爪子的妖怪姊姊挽起袖子，搶過驅山鐸，大喝一聲，又使勁一跺腳，拚命搖晃起來。在她的指揮下，鹿吳山總算平靜了一些，但依然比不上相和指揮的那麼流暢。

不過大家也沒空計較那麼多，因為就在窗外，那隻叫作流火的黑犬與相和正鬥得難解難分，比電影裡的特效還要精采。

知宵趕緊撲到了窗戶前，其他妖怪也都想看熱鬧，紛紛堵住了窗口。大多數妖怪都站在相和這邊，替相和打氣叫好。

可是，大家的加油並沒能轉換成相和的力量。流火一頭撞在相和的肚子上，他的力氣一定很大，相和飛了出去，又重重撞在石塔上。「轟」的一聲，石塔劇烈搖晃起來，知宵還聽到了相和的呻吟聲，看來她傷得不輕。

這時，流火的目光突然轉向窗戶的方向，落在正搖晃驅山鐸的長著鳥爪子的妖怪姊姊身上，然後號叫著朝著窗口撲過來。

「快，保護驅山鐸！」不知是誰大叫了一聲。

說時遲，那時快，長臂妖怪先生伸長雙手，一把將長著鳥爪子的妖怪姊姊拉到自己身後，其他妖怪一齊站在窗前，舉起拳頭準備對付流火。知宵被擠到了最前面，他手足無措，但是也本能的舉起拳頭來。

忽然，一道白色的影子從天而降，堵住了窗口。原來是相和及時趕來，擋住了黑犬的進攻。

「流火，我一直沒告訴你，我已經知道你的真身長在什麼地方了，小心我把你連根拔起！」相和惡狠狠的說。

透過窗口的縫隙，知宵發現黑犬露出了一絲遲疑。趁著這個機會，相和從袖子裡掏出一張寫著符文的黃色符紙，扔向黑犬；那張符紙變得很長、很長，像綁帶一樣纏住了流火。接著，和剛才那次一樣，相和拿頭上寶藍色的羽毛當扇子，把黑犬搧到不知什麼地方去了。

石塔裡的妖怪都高聲歡呼起來，互相擊掌慶賀相和的又一次勝利。

「辛苦你了。」相和飛進窗戶裡，對長著鳥爪子的妖怪姊姊笑了笑，然後接過驅山鐸，鹿吳山終於變得穩定又乖巧了。

這時候，太陽朝地平線落下，散發出最後的光芒，把天空染成深紅色。幾隻鳥兒掠過天空，正準備歸巢，牠們就像長在天空中的痣一樣。鹿吳山上，樹葉在風中搖搖晃晃，發出流水一般的聲音。知宵閉上眼睛，瞬間感覺自己就在大山深處的小溪旁邊，似乎還能聞到溪水邊那些濕潤的泥土散發出來的新鮮腥味。這種感覺真令人安心，慢慢的，知宵不再擔心有風來山莊的員工會追過來。

希望他們永遠找不到鹿吳山，永遠不會追過來。這麼好玩的空中之旅，持續得越久越好！

「塔裡沒什麼好看的了，知宵、沈碧波，我們去鹿吳山裡轉一轉吧！」真真的聲音打斷了知宵的思緒。

「好啊！」知宵說。

「我去過好多次了，不想去。」沈碧波總是不忘擺架子，不過，最近知宵和真真已經很了解他的脾氣了。

知宵故意說：「你不想去，我們就不勉強了。」

「嗯，那我們先走了。」真真也點點頭說。

真真和知宵拋下沈碧波下樓去。木樓梯發出嘎吱、嘎吱的響聲，似乎隨時會斷裂，因此知宵一直扶著牆，每一步都走得很小心。藉著從窗戶透進來的陽光，知宵發現每個角落都透露出陳舊感，這座石塔恐怕擁有很長的歷史了。妖怪客棧也很舊，可是它很溫馨，每當知宵回到金月樓，他的內心就會告訴他：「放心吧，你現在很安全。」說不定很多妖怪也有同樣的感受，才會紛紛入住。可是，這座石塔給人的感覺卻很不友善，似乎無形中會有什麼東西落下來，壓在人身上。

來到底層時，知宵聽到大門旁邊的黑暗角落傳來了念經般的聲音。他和真真好奇的走過去，隱約看到一位穿著花衣裳的妖怪。這不就是在宴會上替知宵辯解過的妖怪嗎？此時，他如同寺廟裡的佛像，正盤著腿在打坐，手裡還握著兩顆橘子，因為一動也不動，更像一尊無生命的雕像了。沈碧波的管家金銀先生就坐在花衣裳妖怪身邊，一臉平靜的樣子，似乎完全沒受到剛剛發生的事情的影響。

很快，那個穿花衣裳的妖怪察覺到了知宵和真真的氣息，他緩緩睜開眼睛，看著知宵和真真，默默點點頭，說：「你們好。知宵、真真，我們剛才見過面了，在下名叫東邊。你們是人類小孩子，很少見呀！」

「你好啊，東邊。請問，你在這兒幹什麼？」真真一點也不見外的說，「看起來挺好玩的。」

「這是在下的修行方式。在下正在汲取橘子裡的能量。」東邊說。

「兩顆橘子裡能有多少能量呢？把它們全都吃掉，也不能填飽肚子。」知宵說。

「對你們來說，橘子是微不足道的；對在下來說，它們就是世間最厲害的靈丹妙藥。」東邊一本正經的回答。

「金銀先生，東邊是不是在騙我們？」真真疑惑的問。

「從某種意義上來說，他確實在騙人；可是換一個角度想想，他說的又是實話。」金銀先生說。

這個叫東邊的妖怪真奇怪，金銀先生的回答也很奇怪，知宵心想。不過，反正他還見到過行事更詭異的妖怪，明白不能用人類的常識去揣摩妖怪們的行為。

知宵和真真剛走出石塔，沈碧波便追了出來，說道：「知宵、真真，等等我！忘了告訴你們，我很熟悉鹿吳山，可以給你們帶路。」

真真和知宵什麼也沒說，他們互相看了看，偷偷笑了笑。

可惜的是，鹿吳山上好像沒什麼可看的。石塔後面有一座果園，種的大都是橘子樹。果園旁邊是一個藥草園子，知宵和真真不認識裡面的任何一種植物。

「太好了，我全都認識！我可以為你們介紹一下。」

沈碧波異常興奮，念起一長串植物的名字來。他重點介紹了一叢長得像三葉草的植物，不過它們是紫色的。

「醒醉草，喝醉酒之後嗅一嗅這草，就會清醒很多。相和不喜歡喝酒，但有時候還是會喝。她的酒量不好，很容易喝醉，我就幫她種了幾棵。」

「什麼？這是你種的？」知宵問，「沈碧波，你經常來鹿吳山嗎？」

沈碧波點點頭，說道：「你們剛才看到那個穿花衣裳的東邊了吧？他是相和的管家，這座山上的一切都是由東邊打理的。金銀先生是我的管家，因為工作原因時常和東邊接觸，慢慢就成了朋友，經常互相串門子。我也常跟著金銀先生來鹿吳山，所以很小的時候就認識相和了。不過，我和相和的個性合不來，我來山上就找東邊。東邊看過很多書，又會演奏好多種樂器，好像什麼都知道。對了，最開始的時候，就是他教我認識各種植物的。」

沈碧波準備繼續介紹那些神奇的草，可是知宵和真真沒什麼興趣，他們決定走得更遠一些，去長滿松樹、柏樹的林子裡看看，說不定能撿到幾個大松果，說不定那兒長著許多很難在人類的樹林裡見到的大蘑菇，說不定某塊石頭下面還隱藏著一個山洞，裡面裝滿了相和的祕密寶藏。沈碧波又鬧起了彆扭，看起來不太樂意，他們倆就拋下沈碧波離開了。

然而，那片樹林裡光線太暗了，而且依然透露出一股不友善的氣息。黑暗就像盤踞在空氣中的怪物，隨時隨地會化成活物，攻擊隨意闖入樹林裡的外人。

「為什麼相和要住在這個地方呢？實在太陰森了。」知宵說。

「石塔裡面也很奇怪。」真真說，「那些玩具和雕像，好像一直在盯著我們看！」

當然，對知宵而言，最奇怪的不是別的，而是鹿吳山的山神傷魂鳥相和。相和雖然笑瞇瞇的，看起來很開朗，性格好像和妖怪客棧裡的房客差不多，但知宵總覺得相和與房客們帶給他的感覺不太一樣。

突然，鹿吳山又開始搖晃，就像飛機在高空中遇到了混亂的氣流似的。此時知宵已經不像剛才那麼慌張，他趕緊抱住了身邊的大樹。這次的動盪很快便結束了，安全起見，知宵和真真離開松柏林回石塔去了。太陽去了另一個半球，天越來越黑了。知宵感覺得到，鹿吳山正在緩緩降低飛行高度，難道空中旅行就要結束了嗎？

知宵和真真來到石塔下，沈碧波剛好也到了。這時，鹿吳山突然朝著天空中猛烈上升，接著右拐，再左拐，再一次下降，像是坐上了雲霄飛車一樣。慌亂之中，知宵和真真緊緊抱著離他們最近的樹。知宵聽到石塔上傳來驚恐的叫聲，抬頭一看，原來是一個妖怪從窗戶裡跌了出來。幸好長臂妖怪抓住了他，他才沒頭朝地掉落下來。

可是，鹿吳山一直往下落，身邊的樹太多、太密，知宵也看不清楚外面的情況，但他隱約聽到了汽笛的聲音，似乎還能從樹縫裡看到灰色的建築物。毫無疑問，現在鹿吳山飛進了人類的城市裡！

鹿吳山飛上空中當然很好玩，但是，鹿吳山停靠在城市中央就一點也不好玩了。

「相和，快讓鹿吳山離開！這是人類城市的十字路口，不是停山的地方！」知宵聽到長著鳥爪子的妖怪姊姊大叫道。

「別擔心，鹿吳山周圍有迷惑人類的法術網，大家看不出來這是一座山。」相和一點也不在意的安慰道。

「可是你會把街道壓塌，把房子砸碎，這樣會出人命的！我們大家今天來鹿吳山，只想為你的生日道賀，暢快的喝一場酒，和朋友們敘敘舊，不想鬧出人命啊！」

「你別再說個不停讓我分心了，我不是在想辦法嗎？」相和不高興的嚷嚷道，「都怪這驅山鐸太舊，瞧瞧睚眥造的破玩意兒，他的發明向來沒有品質保證！」

驅山鐸發出的響聲越來越急迫，鹿吳山下落的速度變慢了，可是它並沒有改變方向。大家都屏住了呼吸，知宵則緊緊握著拳頭；過了好一會兒，他才發現自己渾身冰冷。每當緊張或是恐懼之時，他的體溫便會不受控制的不斷降低。

終於，鹿吳山又開始上升了。樹縫外面的人類建築物慢慢消失，替代它們的是暗沉沉的天空。大家都鬆了一口氣：危機解除！

可是，萬一鹿吳山掉下去了呢？萬一地面全是毫不知情的人類呢？就算是無人的地方，砸死了植物和小動物也不好。一想到這兒，知宵在心裡疑惑起來：為什麼太奶奶要把驅山鐸這種危險的禮物送給相和呢？

知宵、真真和沈碧波一起爬到石塔的頂層。這時，長著鳥爪子的妖怪姊姊正在勸說相和飛回風來山莊那邊。

「相和，我們也玩夠了，差不多該散了，各自回家去吧。」長著鳥爪子的妖怪姊姊說。

「我也正有這個打算。」相和說，「我馬上調整方向。」

知宵看到地面布滿燈光，知道此時鹿吳山還在人類城市的上空。但那到底是哪個城市，知宵毫無頭緒。一到夜晚，所有的城市好像都一樣：盒子形狀的建築物裡透出四方形的燈光；路燈都排隊站好，告訴你這個城市的道路網是怎樣的；汽車的燈光閃閃爍爍的移動，宣告這個城市依然活著。知宵很喜歡在天空中看夜景，眼裡的一切都是那麼渺小，那散布在城市小角落裡的人類，不是更加微不足道嗎？

很快，鹿吳山就飛過了城市，地面上的燈光慢慢變少，最後一片漆黑。現在又到哪兒了呢？知宵不再注意地面的狀況，因為不知是誰開始彈起吉他來。驅山鐸的鈴聲配合著吉他聲搖晃，兩種聲音似乎交纏在了一起，妖怪們不由自主的聚攏過來唱歌、跳舞。所有的妖怪客人都有些醉意，也都很快活；橙色的燈光也很溫暖，不知不覺中，知宵就和大家一起跳起舞來。真真跳舞很好看，引得妖怪們拍手叫好；沈碧波唱歌太難聽，知宵帶頭笑了起來，心想：真應該讓沈碧波和曲江比比，看誰唱得更難聽！

沈碧波臉皮薄，大家一笑他就不唱了，左看看，右看看，不住的翻白眼。大家笑得更歡快了。

「相和，你也進來和我們一起玩吧，今天可是你的生日啊！」

長著鳥爪子的妖怪姊姊的聲音傳來，知宵轉過頭，發現相和已經坐在窗臺上了。

「不了，我還得指揮鹿吳山飛行呢！」

「在哪兒搖晃那個鈴鐺不都一樣嗎？」長著鳥爪子的妖怪姊姊跑到相和身邊去，說，「你就進來吧！給我們唱一首歌，誰不想聽聽傷魂鳥的歌聲呢？」

來鹿吳山的路上，曲江拚盡全力讚美相和的歌聲，知宵也來了興致，想要認真聽聽看。

「你們怎麼一個個都想聽傷魂鳥唱歌。」相和笑了起來，「何必每次都說同樣的話呢？你們知道我早就不唱了，我討厭唱歌。再說了，唱歌能有什麼用？我唱兩句，難道還能讓你們增壽一百年嗎？」

「對我來說，寧願用一百年壽命換您唱一曲呢。」曲江搖搖頭說。

知宵扯了扯曲江的胳膊，問道：「曲江，相和為什麼不唱歌了呀？」

「唉，這都是快一百年前的事情了，誰也說不清楚具體原因。」

曲江有些難過，輕輕歎了一口氣，「當然，喜歡與討厭，有時候本來就沒有具體的原因。」

長著鳥爪子的妖怪姊姊也沒再勉強相和，不過，抱著吉他的妖怪率先跑到了相和面前，接著，跳舞的、唱歌的和鼓掌的妖怪也都湊了上去，包圍住相和。畢竟今天相和才是主角。

相和的臉上一直帶著笑，她的眼睛亮晶晶的。知宵覺得相和能有這麼多朋友真幸福。不知不覺中，燈光變得更朦朧了，妖怪們的身影也模模糊糊的，他們的說話聲和歌聲明明就在身邊，卻又像在幾千里之外。睡意襲來，知宵的上下眼皮開始打架了。

第四章

龍女蒲牢的委託

知宵醒過來時，發現自己睡在草地上。他坐起來，覺得自己腰痛、背痛、脖子痛，立刻清醒了過來，也回想起了睡著之前發生的一切。他環顧四周，發現這片草地並不寬敞，四周都是大山，就像圍牆一樣，把他與外面的世界隔開了。

沈碧波和柳真真就躺在知宵身邊，還沉沉睡著。在他們倆旁邊，有幾個昨天晚上在聚會上見過的妖怪。曲江和另外幾個妖怪已經醒過來了，他們站在不遠處不知在說著什麼。知宵揉了揉眼睛來到曲江身邊，問道：「曲江，發生什麼事了？我們不是在鹿吳山上嗎？怎麼又會在這兒？」

「不知道，大家好像都睡著了，還是應該說，都暈了過去呢？等我們醒來時，就躺在這兒了。」曲江的聲音聽上去還是有點暈暈的。

「那鹿吳山呢？它在哪兒？」

知宵再一次看了看四周的大山，確定自己沒有看到石塔。四周的草都長得很茂盛，沒有鹿吳山停靠的痕跡，難道相和把大家直接從空中扔了下來？

「這我就更不知道了，相和只是把我們扔在這兒，或許她獨自飛回去了。」

「相和到底在想些什麼？」長著鳥爪子的妖怪姊姊尖著嗓子說，「我和她已經認識好多年了，就算不是生死之交也應該算是摯友了吧？她竟然一聲不響就把我扔在這樣的荒郊野外！」

「我們不是也一樣？」長臂妖怪說，他的兩條胳膊像擰麻花一樣的抱在胸前，「以前只有我離房出走，從來沒想過有一天房子會離開我出走了！她想躲起來，不讓蒲牢大人找到她，也不用把我們扔下吧？難道她擔心我會出賣她不成？我還會幫著她把鹿吳山藏起來呢！氣死我了！」

站在他身邊的另外幾個妖怪，都一臉不滿的使勁兒點頭。長臂妖怪又把胳膊多擰了幾圈，擰得就像一根大麻繩。

「那我們現在要怎麼辦呢？」知宵小聲問。

「只好找找看附近有沒有仙路的入口，然後各自回家去。天哪，這裡到底是什麼地方！」長著鳥爪子的妖怪姊姊說。

醒過來的妖怪們分頭行動，憑藉妖怪對仙路的直覺，沒過多久便找到了就近的仙路。可是大家又遇到一件棘手的事──有一位高高壯壯的妖怪先生醉得太厲害，呼嚕聲驚天動地。大家怎麼也叫不醒他，最後只好由和他關係親密的長臂妖怪把他拖回去。

沈碧波和金銀先生回到姑獲鳥居住的羽佑鄉去了，知宵、真真和曲江一起回妖怪客棧。仙路裡很安靜，光線昏暗，他們好不容易才到達妖怪客棧。這時，一團軟綿綿、暖乎乎的東西撞上知宵的腦門，知宵定睛一看，發現那是妖怪客棧的房客白若，他是一隻麻雀妖。

「小老闆，你們總算是回來了，我可等你們好久了。大事不好了，你快來看看吧！」白若慌裡慌張的說。

「發生什麼事了？」知宵小聲問。

「有一個咱們惹不起、躲不過的大人物，正在客棧頂樓螭吻仲介公司裡等你，辦公室裡的火藥味都瀰漫到樓下來了。」白若壓低了聲音，「是龍女蒲牢大人。」

相和驅趕鹿吳山胡鬧一通的記憶還在眼前，知宵大概明白蒲牢找他的原因。雖然心裡惴惴不安，很想找藉口溜走，知宵還是鼓起勇氣走向客棧頂樓的辦公室。

「知宵，我也陪你去。」真真一向講義氣，此時當然不會甩下知宵一人跑回家。

這間螭吻開在妖怪客棧裡的仲介公司，致力於為妖怪們的生活提供便利。妖怪們要找房子、找工作、找朋友、找藉口，都可以在這兒得到幫助。不過，螭吻自己可能也沒認真想過，他到底準備做些什麼，因此仲介公司什麼活兒都接。有好幾次，妖怪們一把鼻涕、一把眼淚的到辦公室裡傾訴煩惱，簡直把這兒當成了心理諮商室了。

來到辦公室門外時，知宵輕輕敲了敲門，很快的，門就自動打開了。果然，蒲牢就站在辦公室的另一扇門前面。

蒲牢留著幹練的齊耳短髮，穿著白色上衣和黑色裙子，腳踩一雙黑色高跟鞋，就像時尚雜誌裡的模特兒。她的眼角稍稍向上翹，這樣一來，即使表情很嚴肅，眼睛裡好像也帶著笑意，看起來很親切、很溫和。聽說，龍王的九個孩子都有些奇怪，知宵已經見識過永遠懶散、無幹勁的螭吻，脾氣火爆、講究排場的嘲風，可是房客們都說，蒲牢是九子中個性最正常的。想想看，她還經營著風來山莊這個妖怪療養院呢，所以，一定是充滿愛心的、溫柔的、個性正常的神獸。

一般來說，像蒲牢這樣法力深厚的妖怪，多半會散發出壓迫人的氣息，但知宵看著她，卻好像看著一個普通人類。一定是她把妖氣收斂了起來。她應該是不想嚇到客棧裡的妖怪房客才會這樣做，真是非常周到。

這樣一想，知宵也就沒那麼害怕了。他這才注意到，除了蒲牢，茶來和柯立也在辦公室裡。

茶來是一隻貓妖，為了顯得與眾不同，他把自己的毛染得花花綠綠的，知宵現在都不知道茶來的本來模樣。這隻貓已經跟隨螭吻多年，是螭吻仲介公司的經理。

至於柯立，他是一隻鼠妖，也是妖怪客棧的經理。雖然知宵是妖怪客棧的小老闆，但他畢竟還是小學生，根本沒有時間管理客棧，所以，妖怪客棧的經營一般由柯立負責。雖然他的年紀不如曲江大，在知宵眼裡，柯立同樣是妖怪客棧裡成熟、穩重、值得依靠的妖怪。

「你就是知宵吧？不要緊張，先找地方坐下。」她的聲音很溫和，就像拂過水面的微風一樣。蒲牢說著，又看了看柳真真。

「您好，我叫柳真真，是李知宵的同學，未來的捉妖師。」真真乾淨、俐落的介紹了自己。有時候，知宵非常羨慕真真的魄力。蒲牢朝真真點了點頭，也沒說什麼。

鼠妖柯立看了看知宵，他的眼神裡飽含鼓勵，知宵也朝他點了點頭，這才邁開步子，走進辦公室裡，靠著柯立坐下。

「我聽說，你們昨天參加了相和的生日聚會，也在鹿吳山上，對嗎？」蒲牢問道，「你們能告訴我，鹿吳山現在在哪兒嗎？」

「我們早上醒來的時候，鹿吳山就不見了。它沒有回原來的地方嗎？」真真說。

蒲牢點點頭，又輕輕歎了一口氣，喃喃說道：「相和總是想一齣是一齣，如今我怎麼也揣摩不透她的想法了。」

「有一個長著鳥爪子的妖怪姊姊說，因為您和相和吵了一架，相和才會帶著鹿吳山出走的。」真真說。

「確實如此。」

「你們因為什麼事情吵架呢？」真真誠懇的問。

「都是些無關緊要的小事。」蒲牢的聲音有些無奈，「不知什麼時候開始，我和相和的關係就變得緊張了。她經常和我賭氣，做一些過分的事讓我不痛快。這都成習慣了。」

蒲牢抬起頭來，將目光轉向一直沉默不語的知宵，說道：「我還聽說，讓鹿吳山飛起來的驅山鐸是你送給相和的生日禮物，是嗎？」

「是的，對不起！」知宵感覺自己的聲音直發抖，他低著頭說，「準確的說，是太奶奶寄給我，讓我送給相和的禮物。我也不知道為什麼太奶奶要給相和準備這份禮物。」

「你的太奶奶？原來是雪妖章含煙啊！」蒲牢輕聲說，「她會做出這樣的事情來，我一點兒也不覺得驚訝。她一直都慫恿相和與我對抗。要不是和章含煙交好，相和與我的關係也不會變成如今這樣。我不管驅山鐸是你送的，還是你太奶奶送的。李知宵，你應該明白一點，相和帶著鹿吳山跑了，天知道她會闖出什麼禍來。如果出了事兒，你也是幫兇，也得負一定的責任。」

「您不講道理！」真真嚷嚷道，「知宵為什麼要負責任？」

「如果相和真的闖禍了，李知宵難道不會良心不安嗎？」蒲牢問道。

知宵回想起昨天下午差點發生在十字路口的災難，如果相和沒能及時轉彎而撞傷了人，他確實會忍不住責怪自己把驅山鐸送給相和的。雖然禮物是太奶奶借他的手送給相和，但他也脫不了關係。想到這裡，知宵把頭埋得更低了。

蒲牢抬起頭來，看了知宵和柳真真一眼，說：「當然，我只是把客觀事實告訴你，並不是想要讓你心裡不安。當你參與進一件事情裡時，就算你並非出於自願，也應該想想自己能做些什麼來減輕這件事可能出現的可怕後果。我相信螭吻應該教過你們承擔責任，所以，李知宵，如果相和聯絡你，你能不能第一時間通知我？不管怎樣，她帶著鹿吳山離家出走也算是因我而起，我覺得應該和她好好談一談。」

「我答應你。」知宵說。

蒲牢笑著點點頭，又對茶來說：「茶來，你趕快工作，不要因為天氣熱就偷懶，好嗎？」

「請您放心。」茶來一本正經的說。

「那我先走了。」

蒲牢戴上草帽，打開那扇靠近客棧窗子的門，快步走了出去。那扇門外可不是半空中，而是螭吻家的花園。從知宵站的位置看過去，大門就像是畫框，蒲牢像是走進了畫裡。

蒲牢親切又溫柔，確實像畫中人一樣不真實。每次知宵和媽媽鬧得不愉快時，都會忍不住躲在被子裡想像一個完美母親的形象。她大概就是蒲牢這個樣子。知宵覺得蒲牢身上散發出一種奇特的能量，使得跟她說話的人全都不敢太大聲、太放肆，都變得溫和起來。就算她剛才對知宵說了比較嚴厲的話，知宵也不覺得心裡委屈，他能夠感受到蒲牢的真心誠意。同樣是龍女的嘲風雖然是蒲牢的姊姊，性格就完全不一樣。和嘲風在一起的時間長了，大家都會染上她的壞脾氣。

相和經常和蒲牢鬧彆扭？不可能！知宵根本想像不出蒲牢生氣時的情景。

「柯立，你能把現在留在客棧裡的房客召集起來嗎？我有事情要告訴大家。」茶來說。

鼠妖柯立點點頭，起身下樓去了。

知宵問茶來：「蒲牢大人是不是有交給你任務？」

「沒錯，就是讓我們找到鹿吳山。風來山莊那些員工斯文極了，有時候簡直忘了自己是妖怪，他們哪能找得到相和？所以一旦有什麼棘手的事，蒲牢就會找仲介公司幫忙。唉，螭吻的兄弟姊妹中，恐怕只有蒲牢相信咱們仲介公司是真的想要辦事，不是開著玩兒的。所以，我第一時間便想到你家房客，如果給他們創造一些工作機會，他們也能早日付清房租啊！」

「看哪！這兒多了一瓶花。」真真在辦公桌前面說道。知宵也看到了，一些他叫不出名字的花插在一個花瓶裡，看起來很隨意，似乎又是按照某種規則擺放的，這些小小的花為辦公室增添了幾分生氣。

「這是蒲牢帶來的，她恨不得世界就是一個大花園。」茶來說，「知宵，你把它拿出去吧！這個花瓶占了我睡覺的地方。」

茶來能在辦公室的任何一個角落裡睡覺，有一次他像口香糖一樣黏在天花板上。真真拿掃帚捅了半天，也沒能把他趕下來。

「我不拿，放在這兒多好看。」知宵說。

不一會兒，鼠妖柯立就把沒事可幹的房客全聚集在主廳裡。茶來也下了樓，氣定神閒的邁著小碎步，穿梭在一條一條妖怪的腿之間，說出了他想讓大家去做的事。

「這次是來自蒲牢大人的委託，你們知道這意味著什麼嗎？蒲牢大人以大方出名，信奉『滴水之恩，當湧泉相報』……不對，這個說法可能不太恰當，讓我想想……」可惜茶來什麼也沒想出來，他決定蒙混過關，「總之，如果你們誰找到了相和，一定會得到蒲牢大人重重的獎賞，說不定今後十年都不用工作，也能過上滋潤的小日子！」

「茶來，不要說得好像我們妖怪客棧的房客都見錢眼開似的！」山妖咕嚕嚕瞪大他那雙小眼睛，一本正經的說，「蒲牢大人是誰？是螭吻大人的姊姊！長年以來霸占著『最受歡迎的妖怪』榜單的第一名！能夠幫上她的忙，是我們的榮幸，就算沒有任何回報，我們也心甘情願！」

知宵在一旁看得很清楚，一開始咕嚕嚕一臉不耐煩，完全不感興趣的樣子，可是聽到「重重的獎賞」時，他的眼睛突然閃閃發亮了起來。不過，想到以前山妖咕嚕嚕和嘩啦啦老是用不正當的手段賺錢，現在他們已經有很大的進步了。

「我當然明白妖怪客棧的房客都古道熱腸、淡泊名利，所以當蒲牢說出委託時，我馬上想到了大家。螭吻仲介公司是開在妖怪客棧裡的，螭吻又是妖怪客棧的保護人，在我心裡，你們也已經是螭吻仲介公司的自己人啦！」

「這也就意味著，今後我可以光明正大的對我的朋友說，螭吻是我的老闆了？」小麻雀白若使勁拍著翅膀，看起來高興極了，「那麼，以後和鳥妖們聚會的時候，我就永遠是焦點啦！」

「是的！」茶來跳到椅子上，想讓自己顯得莊重、嚴肅一點，「咱們妖怪不講究什麼血緣關係，有幸能夠同住在金月樓這破爛的屋簷下，就是一家人了。趁著現在太陽還沒那麼毒辣，大家快使出自己的本事，盡快把鹿吳山還有相和找出來，讓蒲牢大人瞧瞧我們的厲害！」

妖怪們紛紛附和茶來，然後爭先恐後的跑出妖怪客棧的大門。當然，一出妖怪客棧，妖怪們就紛紛化成了人形偽裝自己。看到大家充滿活力，知宵感到很欣慰，這比整天待在客棧裡，嘴裡抱怨天氣熱要好上一萬倍。

茶來的幹勁也跟著房客們一起離開了。這隻胖貓頓時縮成了一個球，打著呵欠說道：「隨口說兩句就這麼拚命，李知宵，你家房客全是傻瓜。」

「這樣最好，他們不會找到相和的。」真真說。

「最好還是能找到相和，我有一種預感，這次相和可能會幹出什麼不可挽回的事情來。」茶來說著，鬍鬚抖了抖。

「我也有一種預感。」真真又說，「如果我們不找相和，相和自己就出現了。如果我們拚命找她，她就會一直躲著不出來。我覺得，相和就是你說東，她偏往西的個性。」

「她的個性確實如此，沒想到你只見過她一次，倒是看得清楚。」茶來說。

「相和確實差點就把鹿吳山掉在馬路上了，不過，最後她也避開了，沒有引起什麼大事件呀！那麼，讓鹿吳山留在外面有什麼關係呢？所有山都待在原地一動不動無聊死了，一座飛來飛去的山多好玩！」真真雙臂抱在胸前，皺著眉頭，一本正經的說。

「那是你不知道相和以前幹過多少糊塗事，我懷疑她出門一趟就是為了闖禍。」茶來說。

「還有，蒲牢跟相和到底為什麼關係不好呢？」知宵也忍不住問道，「蒲牢不應該像是相和的母親嗎？」

「你們倆和自己的媽媽關係好嗎？」茶來漫不經心的問。

「挺不錯的。如果有什麼想不明白的事情，我都很喜歡和媽媽商量，她總是能想到好主意。而且她特別能幹，不像我總是急躁、粗心大意。我希望自己長大以後，能夠變成她那樣的人。」真真一本正經的回答。

「我和媽媽的關係也挺好的。」知宵馬上附和。

特別是在知宵的爸爸過世之後，知宵和媽媽相依為命，關係就更加親密了。不過，知宵沒有告訴茶來，有時候他不太理解媽媽的想法，媽媽也不太理解他。這恐怕就是書上所說的代溝。

「家庭對孩子個性的形成有很大的影響，你們倆不惹人厭，所以你們的家庭應該沒多大問題。這可能也是因為你們年紀還小，再過幾年，或許情況就不一樣了。畢竟，以前相和與蒲牢的關係也很融洽。」茶來繼續說，「那時候相和的母親過世了，留下相和那樣一隻小鳥兒，孤苦無依。一直以來，蒲牢大人便和傷魂鳥一族關係要好，當然毫不猶豫的承擔起照顧與培養相和的責任，相和也像真真崇拜自己的媽媽一樣，把蒲牢當成自己的未來目標。相和個性樂觀又開朗，雖然有些小小的任性與衝動，偶而會做出讓人啼笑皆非的事，但她善良、熱情，唱歌動聽，一心一意為風來山莊的病人著想，很受大家歡迎。不過，她的骨子裡還是有些多愁善感，花兒謝了也會大哭一場。誰讓她是傷魂鳥呢？種族的天性不是那麼容易擺脫的。

蒲牢與相和之間到底是從什麼時候出問題的呢？大概是一百年前，那時相和大病一場，在風來山莊裡修養了好幾個月才康復，之後她便性情大變，不那麼努力在風來山莊裡工作，也不那麼關心別的妖怪的喜怒哀樂了，最重要的是，她不再唱歌了。歌聲本來是相和最大的優勢與最迷人的地方，可惜，可惜！不過啊，相和以前事事以蒲牢為榜樣，對他人的關心太多了，甚至忽略了自己。因此我一直覺得這種轉變是好事，她活得開心多了，天南海北去玩兒，到處結交朋友，多逍遙自在。對於我這種不喜歡出門的妖怪來說，她簡直就是活力的代表。不過有時候相和不知道玩樂的限度，到處惹事，大家全都找蒲牢大人告狀。蒲牢也喜歡替別的妖怪操心，很擔心相和的狀態，總是苦口婆心的勸說她。相和特別討厭被嘮叨，可想而知，這樣一來關係怎麼可能好得了呢？時間一長，累積的心結越來越多，吵架就成了家常便飯。我常常想，如果蒲牢和相和像我和螭吻這樣懶散，就不會整天爭來吵去。俗話說得好，懶惰平息爭端。」

「那麼，當初相和大病一場，就是一切的關鍵所在？」一直沉默不語的曲江突然說話了，他並沒有像年輕的妖怪那樣冒冒失失衝出客棧，「她到底生了什麼病呢？」

「這我哪會知道？」茶來說，「我只顧自己吃得香、睡得好，你們如果感興趣，不如親自問問相和。但我猜她不會告訴你們，她從來不說關於自己的事。唉，今天說了太多話，真是口乾舌燥，筋疲力盡。真真、知宵，你們倆要不要回家寫作業去？如果不用，就幫我幹點活兒，這段時間螭吻不在，我還挺忙的。」

新學期已經開始了，接下來有那麼多課程需要學習，那麼多作業習題需要完成——多麼沉重的任務。這個週末當然得好好休息，多多睡覺，為新學期做準備！天氣很熱，知宵和真真懶得現在回家去，決定在妖怪客棧裡休息一下。

暑假的時候，好多個晚上知宵都住在妖怪客棧。作為小老闆，在這兒他有專屬的房間，衣櫃裡有換洗的衣服，窗邊的桌子上還有筆、書和作業本。柯立在窗臺上擺了好多盆栽，因此這個房間非常溫馨。窗戶外還有一棵銀杏樹，到了十一月，大概可以見到滿樹金黃吧！

知宵躺在床上，突然想到昨天下午放學之前，班導師囑咐大家放學路上注意安全的情景。明明還不到二十四小時，卻像是好多天前發生的事情一樣。

此外，知宵發現自己的膝蓋有些疼，仔細一看，不僅是膝蓋，他的身上還有好多塊瘀青，額頭也腫了。這都是鹿吳山的顛簸造成的，但是他之前竟然一點兒也不覺得疼。

「等會兒回家之後，該怎樣向媽媽解釋傷痕的來源呢？」

最近這些日子，媽媽不再像以前那樣禁止知宵來妖怪客棧，也允許他在客棧過夜。她唯一的要求是知宵要記得按時回家。但媽媽也對知宵說過：「知宵，你的個性太溫和，雖然你是小老闆，畢竟還是孩子，如果妖怪客棧的妖怪提出過分的要求，你一定要拒絕，保證自己的安全，明白嗎？」

知宵使勁點點頭，向媽媽保證。不過，這滿身的瘀青顯然和他的保證背道而馳了。

第五章

離家出走的傷魂鳥

茶來大錯特錯了！

妖怪房客中擅長搜尋的蜘蛛精八千萬和什麼角落都能飛到的麻雀妖白若聯手，只花了兩個小時，就在妖怪們常常喜歡去聚會的沉默大廈裡發現了相和。

他們倆興沖沖的跑回妖怪客棧時，知宵剛起床不久，正準備回家。

「小老闆，我們找到相和啦！」蜘蛛精八千萬和麻雀妖白若異口同聲的說。

「相和在哪兒呢？」知宵一臉難以置信的問道。

「說來話長。」八千萬歎了一口氣，有些沮喪的說。每當這時候，他那張長長的馬臉就顯得更長了，「我雖然很擅長探尋蛛絲馬跡，可是我跑不快，白若又太胖了。相和不費吹灰之力就擺脫了我們倆。唉！接著，我們就找不著她了。我用了不少法力，都快虛脫了，所以想回來休息、休息，順便告訴茶來最新的消息。我們雖然沒把相和抓回來，但也付出了辛勞與汗水，蒲牢大人應該不會虧待我們吧？」

「辛勞和汗水當然會折合成金錢，你們放心。」茶來說。

「你們辛苦了。」知宵說。不知為什麼，知宵內心不是那麼希望相和被找到。回到家後，知宵還不時打電話詢問茶來，了解事情的進展。他得知，之後又有不少房客看到過相和，或者從朋友那兒聽說過相和的蹤跡，可是沒有誰找到她。鼠妖三兄弟包子、餃子和饅頭甚至還找到過「鹿吳山」，但事實證明那不過是一座普通的山，只是被偽裝得很像鹿吳山罷了。這一切可能都是相和故意做出來迷惑大家的，此時她還不想回去。

「她為什麼不想回去呢？會不會是相和還打算帶著鹿吳山去什麼地方呢？」知宵心靈深處出現這樣的疑問。

只是參加了一次聚會，知宵並不了解相和，當然沒辦法弄清楚原因。他以前見過相和，但是那時候他年紀太小，什麼也不記得了。知宵的腦子裡同時浮現出了相和的臉和蒲牢的臉。蒲牢很溫和、很和藹，可是不知為什麼，知宵覺得大大咧咧的相和更令人親近。因此，他在心底默默祈禱：「如果相和想要躲著，就一直讓她躲到自己滿意為止吧。」

相和果真是躲貓貓的高手，到了第二天，房客們依然沒找到她。可是大家想到蒲牢的讚賞與獎勵，又捨不得輕易放棄。要把那麼大一座山藏起來，也真是不容易。大家甚至沒能找到鹿吳山停靠在地面的痕跡，難道它一直在空中飛行嗎？

這時候又有消息傳來，鹿吳山好像飛去了桃花源。不過現在是九月，哪有桃花可看？相和不知用了什麼法術，把一大片樹林全都染成了桃紅色。這樣的話，從天空望下去，確實像是一大片桃花盛開著。

不過，相和確實如她自己所說，非常擅長逃跑，桃花源的眾妖怪也沒能抓住她，她又飛走了。之後她又飛去了另外幾處仙境，每次都成功的逃之夭夭。

事情真是越鬧越大了，吃掉幾條小魚乾之後，茶來也鼓起了幹勁，想在蒲牢面前好好表現一下，並且很快就想到了新的辦法——向螢火蟲先生求助。

茶來堅信，如果有了助手而不好好使喚他們，就是對助手的不尊重。於是，他打電話把知宵和真真叫來辦公室，讓他們立刻去拜訪螢火蟲先生。

螢火蟲先生是一隻活了一萬年的烏龜，非常擅長尋找妖怪。他太老了，腦子總是昏昏沉沉的，一年中的大部分時間都在睡覺。不久之前，知宵、真真和沈碧波為了找螢火蟲先生幫忙尋找失蹤的嘲風，把他吵醒了。之後，螢火蟲先生再也睡不著了，所以心情非常煩躁，三番五次找知宵、真真或是沈碧波去他家裡，聽他回憶一萬年來的長長往事。講到中途，螢火蟲先生還會特別停下來，拋出幾個和他所說的事情有關的問題，如果三個孩子沒能回答正確，螢火蟲先生就會拿起竹杖，在他們的額頭上敲出幾個大包。

從妖怪客棧的側門走進仙路，只需要半個小時，便能到達螢火蟲先生家所在的那片樹林。這兒的空氣很濕潤，比城裡涼快多了。可是蚊子也喜歡這樣的地方，沒過一會兒，它們就在知宵的胳膊和雙腿上留下一堆紅包。

螢火蟲先生住在這片樹林的某個山洞裡，為了不被人打擾，他把洞口堵住了，還在四周都施了法術，經過那兒的人會迷失方向，即使山洞就在眼前，你也找不到它。所以要造訪螢火蟲先生家，就得找到通往他家的另一道門，也就是從一棵白樺樹進去。

然而，最近的仙路出口離白樺樹也有一定的距離，步行就花費了大家半個多小時的時間。知宵爬到樹上，小心翼翼的把腦袋擠進樹洞裡，大聲說道：「諾兒，你在家嗎？我是李知宵。我和柳真真有事情要找螢火蟲先生！」

兩個小夥伴的運氣不錯，沒等多久，便有一隻指甲片大小的精靈飛出來，要離得很近，看得很仔細，才能看出她有著胖乎乎的身形，而且皮膚是乳白色的，還穿著一條綠色的小裙子。她的名字叫諾兒，是螢火蟲先生最好的朋友，也是一隻真正的螢火蟲。無論白天、黑夜，她都提著一盞水蜜桃形狀的燈籠。

諾兒提著燈籠飛進洞口，輕輕吟唱著古老的曲調，那盞燈的光芒越來越明亮，包裹住大家，把大家拉向樹洞。洞口突然變大了，也可能是他們變小了。知宵感覺自己像在天空中，身體不斷下沉，可是下一秒他又感覺自己像是在水上，身體自由的漂浮著。終於，他的雙腳再次踩上了堅實的土地，濕潤的空氣撲打在他的臉上。諾兒的燈籠照亮了眼前的路，其他地方依然被黑暗包圍。現在大家來到了黑漆漆的山洞裡，這兒就是螢火蟲先生的家。

諾兒飛在最前面，靜悄悄的引路，朝著山洞最深處前行。慢慢的，空氣不那麼沉悶，也不那麼潮濕了，但是魚腥味越來越重，誰教螢火蟲先生喜歡吃魚呢。

總算來到了山洞最深處的石室裡，陽光從洞頂的縫隙裡照射進來，因此這兒並不昏暗。知宵能看到石櫃上的書和陶瓷玩偶、堆滿葡萄和葡萄皮的石桌、石凳子，還有一團形狀像龜殼的石頭，那就是螢火蟲先生。

螢火蟲先生的龜甲本來就有些像石頭，經過風吹、日曬、雨淋，上面長滿了苔蘚和雜草，就快和山洞融為一體了。他閉著眼睛，看來是睡著了。

諾兒小聲說：「現在吵醒他很麻煩的，他會像嬰兒一樣吵鬧半天。這樣吧，你們有什麼事，我替你們轉告他。」

知宵和真真便把蒲牢的委託講了出來，諾兒說：「什麼？你們早說啊！不好意思，這件事情螢火蟲先生也幫不上忙。」諾兒斬釘截鐵的說。

「為什麼？」真真驚訝的說，「相和這麼厲害？連螢火蟲先生都幫不上忙？我還以為茶來故意誇大了她的能力呢。」

「我可是毫不誇張的。螢火蟲先生自誇，論搜尋沒有誰能夠躲得過他，相和自詡論逃跑沒有誰能抓到她。他們倆都心高氣傲，誰也不肯讓誰，只好比試，結果螢火蟲先生兩勝三敗，這對他來說可是奇恥大辱。之後，螢火蟲先生下定決心要贏回來，結果又輸了，他消沉了好幾個月，還是沒能緩過神來，最後決定退休了。那已經是一百年前的事了。如今，相和一定更厲害，而螢火蟲先生他更衰弱了，沒必要再為這種事情較勁兒，況且很可能會有第五次失敗。為了保全他的名聲，我替他拒絕這次請求。」

「諾兒，不用你代替我作決定，這次我絕對會贏！」螢火蟲先生的聲音幽幽傳來，他不知什麼時候睜開了眼睛，「妖怪客棧的委託也是螞吻的委託，螞吻可是我最喜歡的朋友……之一！我怎麼忍心讓他失望呢？那隻臭鳥兒相和真讓人生氣，整天胡鬧，蒲牢太縱容她，現在她該得到一些教訓了。事不宜遲，我現在就出發。」

他拿出自己的竹杖，在面前畫了一個圈，那個圈就變成了一道門。接著他走進門裡，離開了山洞。知宵一行想要跟上去時，門馬上消失了。無奈之下，大家只好跟著諾兒來到剛剛跌入山洞的地方，從樹洞離開。大家花了二十幾分鐘才找到螢火蟲先生，他正坐在山頂的大石頭上，緊閉著雙眼打坐，像一尊石像。

「螢火蟲先生不會又睡著了吧？」知宵小聲問諾兒。

「他正在捕捉風的聲音。螢火蟲先生畢竟是烏龜，即使年輕時動作也很遲緩，能夠成為尋妖高手，就是因為他的聽覺靈敏。」

「這麼厲害！」真真高興的跑到螢火蟲先生身邊，小聲問道，「您能聽到多遠的聲音？找到相和了嗎？」

「怎麼可能，空氣裡殘留的聲音那麼多！」諾兒大聲回答，「如果相和有心要躲起來，保守一點估計，可能需要十幾年，螢火蟲先生才能找到她。」

「就是因為你整天在我耳朵邊吵吵嚷嚷，我才什麼正經事也幹不成！」烏龜螢火蟲先生抱怨道，揮手想要驅趕諾兒。不過，即使面對如此嚴重的干擾，螢火蟲先生還是很快就從風裡聽出了什麼線索，他突然大叫一聲：「你跑不掉了！」然後，他拿起竹杖，化成一道灰色的影子跑下山坡，很快就消失不見了。知宵和真真驚呆了，你看看我，我看看你。

「速度真快，螢火蟲先生竟然這麼敏捷！」真真說。

「我收回剛剛說過的話。他想要跑得快，還是能夠做到的。一萬年可不是白活的！」諾兒得意揚揚的說，「你們先回去吧，一有消息，我會通知你們的。」

話音剛落，諾兒嘴裡輕輕念了一句咒語，手裡提著的燈籠亮了。接著，她和燈籠一起消失了。

螢火蟲先生還真是小心眼，因為自己的一次失敗，恨不得把全世界所有的貶抑詞都扔在相和身上。他的小心眼趕走了困擾他一整年的睡眠，全部化成力量，催促他奔走四方，豎起耳朵、瞪大眼睛，要把相和找出來。

知宵想了一路，回到妖怪客棧後便對茶來說：「如果我家的房客或是螢火蟲先生找到了相和，茶來，你能不能先不要把相和的下落告訴蒲牢呢？」

「哦，你想做什麼？」茶來問。

「我覺得，我們可以先去找相和，勸她回家。這樣的話，也許蒲牢大人給相和的懲罰就沒那麼重了。」

「但是，相和離家出走的原因是和蒲牢大吵了一架，對吧？如果她們不當面把問題談清楚，我們勸她有什麼用呢？到時候我也得在場，不然相和與蒲牢一定又會自顧自的吵起來。以前相和與蒲牢鬧得不愉快，也總是螭吻出面調解，現在既然螭吻被困在龍宮做苦力，只好由我出面了。不過，這種勸和之事，我最做不來，你們倆得和我一起去，盡力幫助我，不能讓她們倆再吵起來……或是打起來。」茶來說。

知宵和真真使勁點頭保證。可是很快的，知宵就猶豫了：不管怎麼說，蒲牢可是龍女。雖然現在的她看起來溫和又親切，萬一她發起火來，造成的騷亂可不能小覷。到時候，自己、真真和茶來真的能夠阻止她，而不會被她掀起一陣風送到外太空去嗎？唉，現在連鹿吳山和相和到底在哪兒他們也沒弄清楚，還是不要想太多了。

知宵回到家開始寫作業。開學才一個星期，老師出的作業並不多，他不到半個小時就完成了。

收起課本之後，知宵就暫時把妖怪客棧以及和妖怪相關的所有事情放在大腦的角落裡，投入到正常的學習生活中。當然，如果相和與鹿吳山有什麼消息，小麻雀白若會第一時間把消息轉告給知宵。

就這樣過了三天，螢火蟲先生總算是找到了相和。這次是茶來親自跑到學校裡，把這個消息告訴他們。

「知宵，你看！窗外有一隻顏色很奇怪的貓，牠好像一直盯著你看呢！」語文課上，知宵的同桌悄悄對他說。

知宵一看，是茶來！但是，自己還在上課呀！知宵只好忍受了茶來一節課的注視，一下課，便跑到隔壁班叫上真真。

「真真，快走！我看見茶來了，他一定有什麼事情要告訴我們。」

說罷，知宵和真真跑到教學大樓外的操場，果然看見茶來正趴在地上打瞌睡。

「哎呀！知宵、真真，你們總算下課了，我都作了好幾個夢了。聽好了，相和出現了，咱們現在就去鹿吳山，你們趕快收拾書包。」茶來說。

「等一下，我們還在上課啊！得想個理由向老師請假，不能一聲不響就走了。」知宵說。

「啊，這還不簡單嗎？給我一根你的頭髮，我用寫了符文的紙條變出我和你的替身來，讓他們替我們上課，不就行了？」真真說。

「可是，你只能變出穿著黃色連身裝的人來啊！」知宵說，「那些傀儡看起來像機械人一樣，大家一定都會覺得奇怪。再說了，你的法力有限，傀儡們能夠堅持一下午嗎？」

真真擅長用符紙變出替身的法術，她曾經用這個法術救過知宵，只是這些傀儡替身的打扮實在讓人不敢恭維。知宵的腦子裡出現了長成他的模樣的傀儡突然在教室裡變成一張符紙的情景，同學們一定會嚇壞的。

「哦，你說的也是，我現在水準有限，還沒辦法變得太逼真，要變出衣服來太難了。」真真說，「還是裝病，請假回家吧。」

「就知道你們可能會煩惱這樣的事，真是當不了壞孩子。」茶來笑著說，「你們看看那邊。」

順著茶來指示的方向，知宵看到了山妖咕嚕嚕和嘩啦啦，這兩隻山妖此時都變成了人類的模樣，來遮掩自己的紅皮膚與綠皮膚。他們倆也看到了知宵和真真，得意的揮了揮手。

「知宵的兩個手下會變成你們倆的樣子幫你們上課，還會幫你們記筆記。這樣你們可以放心了吧？」

知宵遲疑了一下，因為他實在擔心咕嚕嚕和嘩啦啦的變身術太糟糕，說不定會露餡兒，可能還不如真真的傀儡，但現在也顧不了那麼多了。

茶來、知宵和真真一起來到了教學大樓側面，這兒種著許多樹，很隱蔽。諾兒就在這兒等著他們。

「相和是真的想要躲起來嗎？明明到處都是破綻！螢火蟲先生現在可生氣了。」諾兒故意這樣說，想不動聲色的向大家炫耀螢火蟲先生的實力，可是她的語氣裡有掩飾不住的得意。

「我知道，誰能躲得過螢火蟲先生呢？」茶來的聲音有些不耐煩，「現在天氣太熱了，我快被烤熟了。你還是趕緊送我們過去，咱們早些把事情辦完，好收工回家。」

諾兒沒說什麼話，知宵覺得她可能朝茶來吐了吐舌頭，但這只是他的猜測，因為諾兒的個頭實在太小，沒辦法看清楚她的表情。接著，諾兒唱起歌來，她的聲音很低，卻擁有穿透人心的力量，她手中的燈籠也亮了起來，不過在豔陽天裡，燈光不太明顯。

那燈光像是一層輕柔的絲綢，將知宵、真真和茶來包圍了。不一會兒，知宵感覺眼前的景物變得歪歪扭扭，最後他再也分不清周圍到底是什麼，也看不到其他夥伴。他感覺自己正在下沉，又過了一會兒，他感覺自己正飛速上升，最後，他感覺踩到了什麼柔軟的東西。四周的景物變得清晰起來，知宵這才發現，他來到了一個長滿青草的山坡上。在他的前前後後、左左右右，全都是山。知宵突然醒悟了過來，如果要把山藏起來，什麼地方最安全又讓妖怪找不到呢？當然是藏在群山之中啦！

天空陰沉沉的，空氣很濕潤，霧氣遮住了大部分的山，最高那座山的頂峰恰巧沒被霧氣遮擋，遠遠望去，像是有一座小山飄浮在天空中。

知宵沒看到那座標誌性的石塔，便問道：「鹿吳山在哪兒呢？」

「你身後不就是？」諾兒說。

第六章

都是橘子惹的禍

即使有了諾兒的指示，知宵也沒發現鹿吳山。那座山的形狀和相和生日那天知宵看到的並不一樣，雖然知宵看不出山上種著什麼樹，但絕對不是松樹和柏樹。諾兒又說：「這是當然。如果你的雙眼能輕易看穿相和的偽裝，她也不可能成功躲藏這麼多天了。」

「諾兒，既然你都送我們過來了，不如直接把我們送到鹿吳山上去，不是更好？」茶來抱怨道。

「臭貓，你就別裝傻充愣了！難道你沒感覺到，鹿吳山被法術包圍、保護著？螢火蟲先生說了，他的工作只是找到鹿吳山，接下來的工作就是你們的了。你們能不能成功去到鹿吳山，會不會被相和從山頂拋下來，就不關我和螢火蟲先生的事了。」諾兒變得嚴肅起來，「憑相和的力量，一定沒辦法獨自創造這麼強大的結界，會不會有一個很厲害的妖怪在幫她？」

「別說了。」茶來突然抬起頭來，似乎受到了嚴重的驚嚇，「還能有誰在幫她？你不要把事情搞得太複雜。你只是太久沒見過她，不明白她現在有多厲害罷了。」

「她把鹿吳山搬走的目的到底是什麼呢？」諾兒又問。

「或許就是因為她不知道自己的目的到底是什麼，才做出這些奇奇怪怪的事情來。」茶來意味深長的說，「天哪，我竟然說出了這麼深刻的話！對了，螢火蟲先生在哪兒？」

「工作結束，他就回家去了。如今他很滿足，也很累，一直打呵欠，這次說不定能夠睡著！啊，還有，你們記得把報酬送過來，明白嗎？」

「三天之內絕對送達。諾兒，能麻煩你順便把蒲牢大人帶過來嗎？」茶來說。

「好吧。還有這個，麻煩你們交給相和。」

諾兒伸手在她那綠色小裙子的口袋裡摸索了好一會兒，突然摸出一個巨大的信封來。茶來伸出貓爪子，靈巧的把信封抓了過來，天知道他沒讓信封掉下來是怎樣做到的。

諾兒終於滿意的飛向遠處的樹林，很快，她的身影就被樹葉擋住，再也找不著了。

「趁著相和還沒有發現我們，趕緊上山去吧！」茶來說完，跳到了知宵懷裡。聰明如茶來，當然不會放過任何一個可以節省體力的機會。知宵懷裡抱著又大又軟的胖貓，感覺熱得後背都濕透了。

知宵一行所在的地方，和前幾天他們上山的地方不一樣。這兒沒有樹葉堆成的小徑，亂石、雜草更多且更加陡峭，因為沒有那麼多松樹與柏樹，也就顯得沒那麼陰森、可怕了。

諾兒說這兒有結界保護著，知宵本以為他們沒辦法輕易上山，可是一路上並沒有遇到任何阻礙。只是有那麼一瞬間，知宵感覺自己似乎穿過了某種輕薄的東西，他過了一會兒才反應過來，那應該就是結界。相和肯定發現他們穿過了她布下的法術結界，但她並沒有阻止他們上山去，於是，茶來、知宵和真真也就不那麼擔心弄出響聲來，會被相和發現了。

「這結界編織得還不錯嘛！把鹿吳山藏得很好。」茶來說，「以前相和總是用歌聲來創造結界，不唱歌的她沒了自己最順手的武器，不得不學習新的方法，但她的進步確實很快。不過，她的歌聲真厲害，充滿力量，她比她的任何一個祖先都更有天賦。說不定是因為傷魂鳥種族只剩下她一個了，上天就把所有的才能都給了她。」

「你說什麼？相和是這世界上最後一隻傷魂鳥？」知宵問道。

「沒錯。」

「這太可怕了！」真真說。

「有什麼可怕的，不是照樣吃喝、睡覺、工作、生活嗎？」

「不一樣，不是的。」真真想了想，說，「如果我是這個世界上最後一個人，不出三天，我就會難過得死去。那太孤單了，身邊一個同類都沒有，我簡直無法想像！」

「這個世界上遍布著人類，據我所知，還是有很多人感覺孤單。你又該怎麼解釋呢？」茶來機智的反問道，「你的同類並不一定就是你的同伴。這世界上的貓狗多了吧？但我完全不想和牠們待在一起，只想獨自睡大覺。」

茶來、知宵和真真順利來到了石塔裡。和前些天不一樣，今天塔裡的光線很昏暗，那些奇怪的雕像與玩偶看起來更加陰森、可怕了。

知宵再一次從紅色雕像旁邊經過，雕像又發出了小孩子一般的聲音來：「多災多難。」知宵毫無準備，嚇了一大跳。這時候，他才想起前幾天的事情來。不過，他記得上次這座雕像嘴裡念的是「福壽雙全」。

知宵心想：難道這座雕像所說的話代表相和的心情？相和歡迎大家來時，雕像就祝福大家；她不歡迎別人來時，雕像就詛咒大家？

「好久不見，茶來。」相和的聲音突然從紅色雕像上傳來。知宵抬起頭來，只看到相和的背影，還有她頭頂上那片巨大的羽毛，隨著她的動作晃來晃去，「你很少上鹿吳山來，真是稀奇。咱倆已經好久沒見面了吧？我這兒剛好有新鮮的水果，還有很多美酒，不如一起喝兩杯？」

「好啊！」茶來說，「可是我不喜歡喝酒，你好像也不喜歡，咱們還是喝你喜歡的果汁吧！」

相和從雕像頭頂跳了下來，正好面對著知宵和真真。她看了看兩個小夥伴，笑得眼睛眯成了一條縫。知宵心裡一動，突然覺得這樣的情景有些熟悉。

「知宵、真真，你們也來了。難道我這鹿吳山上有什麼吸引小朋友的東西？」

「完全沒有，我恨不得馬上離開你的家呢。」真真說，「我想問問你，相和，那天早上你為什麼把我們拋下？」

「那時我突然改變主意，不想馬上回家去呀！你們倆可能不會說什麼，其他的妖怪客人就不一樣了，有的一定會在我耳邊一直嚷嚷著：『相和，回去吧，適可而止。』這些年我老是聽到這句話。所以，我覺得不如把你們都扔下。於是我就施了點小法術，讓你們睡著了。放心，雖然直接把你們從山上拋了下去，但我的動作很輕、很輕，保證沒把誰摔傷。」

「那你可以直接把你的想法告訴我們，讓我們離開鹿吳山呀！我覺得，應該沒有誰會賴著不走。」知宵說。

「那得多麻煩啊！」相和說，「我不喜歡解釋，這個話題到此結束！」

相和把大家領到石塔北邊的窗戶下，這兒有一張小木桌，桌上擺滿了水果，多數是橘子，還有幾朵花隨意擺放著，花已經枯萎了，有幾片花瓣飄落在椅子底下。知宵聽到身後的腳步聲，轉過頭便看到了穿著花衣裳的妖怪——東邊。

東邊還是給人一種雕像的感覺，他端來幾大杯橘子汁，一一放在大家面前。東邊的動作異常僵硬，像是機械人一樣。之後他便退了出去，悄無聲息。有時候，知宵覺得東邊這個妖怪根本不像是活妖怪。

「螢火蟲先生讓我把這個交給你。」茶來把巨大的信封交給相和。相和抽出信紙，眼珠迅速移動著，沒過一會兒就讀完了信。她把信紙拍到木桌上，嚷嚷道：「螢火蟲先生到底在說什麼？贏了我？難道我正和他比賽什麼嗎？」

「比賽捉迷藏。」知宵提醒道。

相和恍然大悟，又抱怨道：「真是的！這種事情有必要寫一封五百字的信來，得意揚揚的宣告自己的勝利嗎？那位年長的龜先生是沒有其他事情可幹了嗎？」

除了睡覺、吃魚和葡萄，螢火蟲先生確實無事可幹。但知宵覺得，趁著螢火蟲先生不在的時候議論他，對螢火蟲先生不公平，便什麼也沒說。

這時候，茶來說：「相和，你不準備繼續帶著鹿吳山飛了嗎？那要不要趕快回家去？咱們倆關係這麼好，給我一個面子行不行啊？」

茶來搖著尾巴撒起嬌來，可是相和根本不買帳，說道：「你別睜著眼睛說瞎話，我們倆關係不太好吧！當年我還是一隻沒什麼法力的小鳥兒時，你還想把我吃掉呢。這個仇我記得清清楚楚，你別想蒙混過關！」

「你的記性怎麼這麼好呢？記性太好的人啊、妖怪啊，過得都不高興。」茶來故意誇張的歎了一口氣，「說說吧，相和，這次你又因為什麼事和蒲牢吵架，還要帶著鹿吳山出走呢？」

「哼，因為她砸爛了我山上的橘子。」

「你別胡說啦，怎麼可能是這種無關緊要的小事？」

「說不定就是這樣的小事，成了壓垮駱駝的最後一根稻草。鹿吳山上的橘子成熟得早，我專程拿最好的橘子給蒲牢，想跟她和解。不知為什麼，她開始挑剔起我的不足來，聽著真刺耳，等我反應過來時，就和她吵了起來，而橘子已經滾得遍地都是了。唉，你不相信就算了。」

「你這樣一說，倒顯得更真實了一些。反正你和蒲牢大人總是這樣，三天兩頭為了雞毛蒜皮的小事吵架。不過，我對你有些失望，相和。我還以為你會藏得更好，比如藏個十年、二十年，我們掘地三尺也找不著你，然後你自己大搖大擺跑出來，那也能成為一段流傳後世的妖界佳話呢。」

「我可不喜歡整天躲躲藏藏。」相和說，「不知道的人還以為我怕蒲牢，不敢露面呢。我已經厭倦了整天和她爭來鬥去，我覺得現在正是合適的時機，把我和她之間的恩恩怨怨算個清楚，有個了結。」

「你每次都這樣說。可是世間哪有輕易就能了結的事呢？你們已經相識幾百年啦，至少也得花個一百年來清算吧。」荼來說。這隻貓現在特別嚴肅，不過，他是花臉貓，知宵看不出他的表情有任何變化。

「哦，有個了結？相和，那你想怎樣了結呢？」

這個溫柔的聲音從身後傳來，卻讓知宵頭皮發麻——是蒲牢！

「砰」的一聲，大門被撞開了。知宵轉頭看著大門的方向，可是並不見蒲牢走進來。突然，一個橘子飛過來，落在知宵的腳背上，把他嚇了一跳。知宵揉了揉眼睛，還是沒有看到蒲牢的身影。

「呀呀呀呀呀，你你你你你！你太過分了！你生氣的話，衝著我來就好，為什麼要把火都撒在橘子上？這是鹿吳山上最好的新鮮橘子呀！都被你砸爛了！你為什麼老是和橘子過不去？說吧，你準備怎麼賠？」相和像個小孩子一樣說道。

橘子落了一地，相和一邊抱怨一邊彎腰把它們撿起來。蒲牢就在相和旁邊，雖然她極力想保持冷靜，知宵還是從她的臉上察覺到了憤怒，看來，她與相和根本沒辦法好好同處一個房間裡。她戴著和幾天前來妖怪客棧時所戴的草帽，梳著同樣的髮型，但是給人的感覺完全不一樣了。知宵有點害怕此刻的蒲牢。

「那你撞毀風來山莊的房子，打傷我的員工，有沒有想過要怎麼彌補？」蒲牢盡量讓自己的聲音顯得平靜。

「是你們不小心撞上了我的山，還要和我過不去。我沒有傷到任何一隻妖怪和任何一個人類，這一點我還是有自信的。我可從來都不是冒失鬼，只有你才會在衝動之下誤傷大家！至於其他事情，全都是意外！」

「意外？知道我為什麼親自來了嗎？因為你把鹿吳山揹到仙境桃花源裡，還把那裡的樹都用法術染紅了！桃花源裡的妖怪全都來找我告狀，這也是意外？」蒲牢不經意間提高了音量說。

「沒錯！」相和舉起一隻袖子來，「你也知道，我喜歡把所有東西塞進袖子裡，那種能把樹染紅的藥粉就不小心掉出來了。這又如何呢？紅色的葉子多好看，我還想著要不要把我山上的樹也染一染呢！您放心，不出一個月，桃花源的那些樹就會恢復正常。」

蒲牢沉默了一秒，二話不說，又掀掉了相和撿起來的橘子，這些倖存的橘子沒能再次逃過被砸爛的命運。

原來相和出走的這幾天還發生過這樣的事情，相和果然有些任性。知宵小聲對茶來說：「我們要做什麼？咱們不是來阻止她們爭吵的嗎？」

「對啊，你們倆快去阻止！不然我為什麼叫你們陪我來？」茶來說，「我可不擅長做這樣的事！她們倆覺得我皮糙肉厚，對我完全不會客氣！但你們不一樣，你們是人類。知宵，你的太奶奶還是相和的朋友，相和會手下留情的。」

知宵深吸了一口氣，試著以這樣的方式喚醒自己的雪妖天性，自然而然的，他的體溫降低了。可是這有什麼用呢？低溫又不能幫忙提高和解能力，如果被打到，還是會很疼。知宵忍不住伸手摸了摸掛在胸前的平安扣，那曾是太奶奶的東西。每當他感覺緊張或是害怕時，觸摸到平安扣那冰冷、光滑的表面，他都能找到一些信心。

真真擅長用寫滿符文的紙條變出傀儡，還帶來了一隻能夠淨化邪惡氣息的毛筆。不過仔細想想就會明白，這樣的東西在這種場合，根本派不上什麼用場。

於是，知宵和真真只好赤手空拳衝上去，擋在相和與蒲牢之間，成功打斷了她們倆的爭吵。

蒲牢有些疑惑的問：「知宵、真真？你們倆跑到這兒來幹什麼？」看來她剛才真是氣昏了頭，完全沒注意到知宵和真真的存在。

「我們都是螭吻的弟子，調解妖怪與妖怪之間的糾紛也是我們的重要工作。今天我們是以螭吻仲介公司員工的身分，為了調解你們的關係而來的！」真真大聲說。

「沒錯，相和因為跟蒲牢大人吵了一架，才會帶著鹿吳山一起出走，我覺得，你們倆應該先好好談一談，解決你們之間的問題才行。」知宵說。

「我的兩個助手說的沒錯。」荼來跳到知宵的頭頂，差點要把他的頭皮扯下來了，「你們倆先把各自的怒氣收一收，把剛才翻出來的一百年來的陳年不滿也收一收。坐下來，深吸一口氣，咱們心平氣和的解決問題，難道不好嗎？」

相和與蒲牢都沒有說話，而是在小桌子前面坐了下來。塔裡的空氣凝滯了，氣氛實在太緊張，知宵甚至不敢用力呼吸。

過了一會兒，相和喝光了她面前的橘子汁，說道：「哼，其實我並不是因為和蒲牢吵了架，才要帶著鹿吳山飛走的。我沒那麼孩子氣。最近我只是想出門散散心，知宵不愧是章含煙的曾孫，像她一樣明白我的想法，所以就送了這樣好的一份生日禮物給我。那只驅山鐸已經好幾百年沒人用過了，當我看著它孤零零的躺在盒子裡時，彷彿聽到它對我說：『我不想就這樣躺著氧化生鏽，請讓我發揮自己的作用，那樣我才死而無憾！』我一向心軟，怎能忽視這發自內心的請求呢？所以就讓它指揮著鹿吳山到處轉一轉，環遊世界。」

「真的是這樣嗎？」真真一臉不相信的神情。

「我不認為這是真的。」蒲牢咄咄逼人的說。

知宵倒是認為，雖然相和的表情和語氣有些誇張，她說的卻可能是真話。這座石塔明明那麼寬敞，但總是給人一種擁擠的感覺，因為相和收集了許多東西。她一定很愛惜這些物品，說不定真的能夠理解器物的想法。

「柳真真，你不相信我也沒有辦法。」相和的聲音有些不耐煩，「但是蒲牢大人，咱們已經相識幾百年了，請您相信我一次。另外，我還想在外面轉幾圈，現在還不打算回去。接下來我會小心的，您放心！」

「不行，你必須把鹿吳山放回去。」蒲牢平靜的說。

「為什麼？您沒有權力強迫我做任何事！」相和不滿的瞪大了眼睛，頭上的羽毛也不滿的晃動起來。

大家都沉默了一會兒，相和又笑了起來，她抓住一個橘子：「我怎麼能忘了呢？您的興趣之一，就是千方百計阻撓我按照我的想法去生活。」

「相和，我不想聽你狡辯。這些年來，你的所作所為已經耗盡了我對你所有的信任。我給你一天時間，明天的這個時刻，我希望鹿吳山已經回到了它本來所在的地方，也就是風來山莊的旁邊。不要想著再逃跑了，那樣的話，你最好做好一生一世躲著我的準備。」

「我沒有逃跑，我絕對不回去！我要和鹿吳山一起出去旅行！」相和跳到椅子上大聲嚷嚷起來，她的表情看起來像是一個任性、發脾氣的小孩子，而不是一隻活了幾百年的大妖怪傷魂鳥。

蒲牢什麼也沒說，抿著嘴起身走出石塔。

茶來追了過去，嘴裡說道：「蒲牢大人，您先等等，咱們還沒談完呢！」

蒲牢的背影一點點消失在對面樹林裡，茶來很快就回來了，一臉沮喪的樣子。

相和氣得直跺腳，然後剝開一個橘子，把它整個兒扔進嘴裡，吞了下去。

這時候，東邊默默走過來，還拿來一大瓶橘子汁，相和一口氣把它喝光了。

相和雖然收藏了許多美酒，但最愛喝的還是橘子汁。她的口味也這麼像小孩子，這讓知宵感到有些意外。

「在下認為，您最好帶著鹿吳山飛回去。」東邊說。他的聲音也和蒲牢的聲音一樣，非常平靜。

「那怎麼行？蒲牢這些年對我干涉得太多，這次我要反抗到底！」

「能夠跟著鹿吳山飛上天旅行，在下已經很滿足了。」

「哼，你滿足不滿足和我有什麼關係呢？你只是我僱用的管家而已。」相和說，「我是自己想要出來旅行的，既然出來了，就要玩得盡興。明白嗎？」

「好的，在下明白了。」

東邊悄悄退了出去，知宵的腦子裡冒出一大堆問題來，揣摩著相和與東邊的對話到底意味著什麼。知宵的直覺告訴他，他們之間一定有什麼祕密。

這時，相和像洩了氣的皮球一樣，一屁股坐在椅子上。那把椅子可能是幾百年前的老古董，發出嘎吱、嘎吱的響聲，似乎隨時會散掉。

知宵猶豫再三，終於鼓起勇氣問道：「接下來您準備怎麼做呢？」

相和看了知宵一眼，又歎了一口氣，不知道她是準備回答，還是不準備回答。就在這時，茶來突然豎起了尾巴，警覺的打量著四周，說道：「有誰來了？」

一直以來，知宵對妖怪氣息的感知就非常遲鈍，不過經茶來這麼一說，他也覺得空氣隱隱和剛才有些不一樣了。

「別擔心，是我。」一個陌生的聲音響起，很低沉、很疲憊，不過很溫和。它是從石塔上方傳來的，像來自石塔的外面，又像來自牆壁裡。知宵抬起頭來，左看看、右看看，沒見到任何可疑人士。

「是您，睚眥大人！」相和的聲音有些興奮。

睚眥是蒲牢的二哥，也是龍子之一。知宵在書上看到過：傳說，睚眥是一隻脾氣暴躁的神獸，最喜歡做的事情就是和別人打鬥。

他為什麼不進來呢？知宵不禁擔心起來，難道睚眥害怕自己跑進石塔裡，會忍不住把相和狠狠揍一頓嗎？畢竟睚眥是蒲牢的兄長，一定會站在自己妹妹那一邊。知宵使勁吸了吸鼻子，腦子裡靈光一閃：瀰漫在空氣裡的這種奇異感覺，不就是殺氣嗎？

「您什麼時候來的？」相和又問。

「好一會兒了。當時蒲牢在場，我想了想，還是不進來了，省得影響你們談話。」睚眥說，「你這兒不宜久留，我就把東西放在塔頂上，你自己去拿吧。」

「謝謝您。」

「是我把它製造出來的，修好它不也是我的責任嗎？器物也是有生命的，它沉睡了太久，有些忘了自己該怎樣工作，希望你不要怪它。」睚眥的聲音更溫和了，「對了，那位泥偶先生呢？」

「他的名字叫東邊，請您還是稍微記一下吧。」相和說。

「我記性不太好，尤其不擅長記名字，有時候我連自己的名字也會忘記。抱歉，抱歉，下次我會注意。東邊先生還好吧？」

「沒問題，您別擔心。」

「那就好。我先走了。對了，不要把我幫你的事告訴蒲牢，我不想讓她難過。」

「我什麼也不會說的，請您放心。」

空氣中的緊張感突然消失了，知宵發現睚眥的聲音也跟著消失了。相和從窗戶飛出去，去拿睚眥放在塔頂上的東西。她很快就回來了，笑容又回到了她的臉上。原來睚眥交給相和的正是驅山鐸。

「為什麼驅山鐸會在睚眥那兒？」茶來問道。

「前幾天李知宵和柳真真在山上，應該發現驅山鐸有些難以控制，對吧？這幾天，我並沒有一直待在這兒，而是在天空中飛行。驅山鐸的毛病越來越多，昨天它幾乎完全失靈了，這是睚眥製造出來的東西，我當然找他幫忙維修。如果不是它出了毛病，我不得不把鹿吳山停靠在這兒，也不會輕易就被螢火蟲先生找到。那時，可能真如茶來你所說，我能躲上十幾二十年，把螢火蟲先生氣死呢。」相和笑著說。

「可是，睚眥為什麼要把驅山鐸交給你而不是蒲牢呢？難道他不知道你用驅山鐸帶走了鹿吳山嗎？」知宵問道。

相和笑得更開心了，說道：「你們有所不知，睚眥特別討厭捲進紛爭，一心一意只想發明、製造出什麼東西來，而且樂此不疲。現在驅山鐸也修好了，我的旅行也要繼續。我初步的想法是，到所有的仙境裡轉一轉。你們幾個急著回家去嗎？我凡事喜歡熱鬧，不如你們跟著我一起去玩吧。」

「我也覺得鹿吳山飛來飛去很好，染紅幾棵樹好像也沒什麼大不了。但是蒲牢大人那邊怎麼辦呢？您真的不打算回風來山莊嗎？」真真問。

「當然不回去！你以為，蒲牢給我定個最後期限，我就怕了她嗎？」相和異常嚴肅的說，「這次我是認真的！不管蒲牢會做什麼，來的是風也罷、雨也罷、雷霆也罷，我都不會向她屈服！」

第七章

泥偶怪的往事

知宵懷疑相和到底能夠飛多遠，最遲明天，蒲牢就會施展法術收走鹿吳山。那時候相和能做什麼呢？論法力，她一定打不過蒲牢。茶來也勸相和再仔細考慮，考慮。

「比如說，咱們先把鹿吳山擱在這兒，一起去風來山莊，找蒲牢大人求求情。」茶來的尾巴動來動去，這是他正在思考的標誌，「到時候你不要開口亂說話，一切聽我的指示。反正就多說幾句好聽的話，向蒲牢服服軟，保證不造成任何破壞，不會再把仙境的樹染紅了，說不定就能繼續旅行，飛去你想去的地方。剛剛你們倆都在氣頭上，能談成什麼事情呢？這些年來發生的一切，我都看在眼裡。其實你們哪有那麼多過節，只是不能心平氣和的談一談罷了。」

「讓我低聲下氣向蒲牢服軟求情？不可能！」相和大聲嚷嚷道，「這些年來，我一直都在忍受，我不想繼續忍下去了。明天的事情明天再說。」

相和很不耐煩，不願意和茶來繼續談下去，她一下子露出本來面目，變成一隻長尾巴的寶藍色鳥兒，飛到窗外去了。不一會兒，知宵就聽到了隱隱約約的鈴聲，那當然是驅山鐸的聲音。和幾天前相比，現在驅山鐸發出來的聲音清脆、響亮多了。鹿吳山異常平穩的飛到了半空中，看來相和操縱驅山鐸的技術也更加熟練了。

「現在咱們怎麼辦？」知宵問茶來。

「我就說嘛，勸解吵架的雙方這種事情，我真的做不來，喵！」茶來生氣的拿爪子撓了撓桌子旁邊的柱子，「你和真真也傻乎乎的，完全沒派上用場。」

「對方可是蒲牢，光是她散發出來的氣息就嚇得我說不出話來，我沒當場哭出來或是轉身逃跑，已經很厲害了，好嗎？」真真不服氣的說。

「唉，我也不知道該怎麼勸架啊。」知宵補充道。

「你們的父母不可能從來不吵架吧？那時候你們怎麼做，剛才就該怎麼做！」茶來恨鐵不成鋼的說。

「以前他們吵架的時候，我都會躲起來。」知宵實話實說。這一瞬間，一些往事的片斷從他腦子裡一閃而過，同時讓他想起父親已經過世這件事情。已經快一年了，知宵慢慢習慣了沒有父親的日子，不過想到父親時，他還是很難過。

「如果我爸爸、媽媽吵起來，我就大哭，他們就不吵了。」真真說。

「唉，你們的方法都沒用！」茶來又說。

「這種事情還是讓螭吻來做比較好，蒲牢是他姊姊啊。咱們給他打個電話吧。」知宵說。

「只好讓他來，我盡力了。」

茶來沮喪的說完，便衝進了右後方被竹簾隔開的小房間裡，知宵和真真也跟了過去，看到茶來趴在一個綠色的電話機上，正在撥打龍宮城的電話號碼。這個室內電話應該也是仙境專線，能夠方便聯絡各大仙境。電話接通了，茶來大致講了講今天發生在山上的事，很快就掛掉了電話。

「螭吻那個大懶蟲，他說自己正在龍宮城幫嘲風處理公務，忙得抽不開身，要我們先想辦法阻止相和，讓她冷靜、冷靜。什麼呀？全是騙人的！我猜他現在一定正躺在椅子上吃東西，不想離開龍宮城！」茶來氣得弓起了身子，可是緊跟著又在地板上打了幾個滾兒。

知宵幾乎沒和茶來一起出門工作過，還不知道茶來也會有情緒如此激動的時候。這隻貓妖以前總是說，他不喜歡太高興、太難過或是太生氣，因為太極端的情緒會消耗許多體力。

「太過分了，竟然把這麼難的差事交給我！真真、知宵，你們倆是螭吻的得意弟子，我就把這個任務交給你們了！」茶來躺了一會兒，得出了自己的結論。

「你別想推卸責任，我和真真只是來幫你的忙。」知宵叫道。

「沒錯，我們三個一起想想辦法。」真真說。

眼看逃不掉，茶來只好認真一點。兩人一貓湊在一起，開始竊竊私語。可是鹿吳山似乎不想讓他們有時間交流，突然猛烈搖晃起來，它像是乒乓球似的在天空中跳來跳去。這樣巨大又沉重的一座山彈跳起來，可不是一件可以被忽略的小事。這個小房間裡有許多架子，上面放著的杯子、罐子、筆記本等雜物，全都落到地上，「啪啪啪啪」一連串響聲，玻璃和陶瓷製品全都摔碎了！

知宵用最快的速度躲到桌子底下，不一會兒，真真和茶來也鑽了進來。茶來看著知宵，好奇的問：「看不出你們年紀雖小，安全意識還挺強的嘛？」

「我和真真念書的學校一直很重視安全教育，之前還常常會進行地震逃生演習。」知宵誠實的回答道。

幸好，鹿吳山只彈跳了三次便安靜了下來，知宵和真真卻是嚇出了一身冷汗。這個房間太狹窄，東西太多、太危險，他們趕緊起身離開。可是一走出房門，鹿吳山又來了個急轉彎，知宵直接飛向了房門另一側的柱子，還不小心撞到了腦袋，感覺腦子裡「嗡」的一聲響。

茶來終於忍不住了，他扭動一身肥肉衝出石塔大門，衝著房頂上的相和叫道：「喂，你到底在幹什麼？有兩個人類孩子還在屋子裡，你想砸死他們嗎？螭吻會追殺你到天涯海角的！」

「不好意思，我一時忘記了。嗯，不過知宵、真真又不是頭一次來，他們應該已經適應了吧？畢竟是螭吻的弟子啊。」相和的聲音傳來，有些迷迷糊糊的。

「螭吻的弟子又不是鐵人，怎麼可能摔不壞？你喝酒了是不是？」茶來又問，「明明不喜歡喝酒還要把自己灌醉，酒量又那麼差，才喝了半杯就醉成這樣！」

「你瞧，有時候真的需要喝點酒，哈哈，才能感覺身體充滿能量。」相和說著、說著便笑了。

茶來氣得喵喵叫，又衝進石塔裡，沿著盤旋的樓梯上去頂層，想要阻止相和。大廳裡東西太多，「砰砰」、「轟轟」、「啪啪」、「嘩啦啦」發出各式各樣的響聲，全都掉落或是摔碎了。

此時，知宵看到真真正在認真、努力跟她那支神奇毛筆「講道理」。真真說：「毛筆啊，我們在一起已經這麼久了，你難道不能救我一命嗎？你看我對你多好，每天都拿濕抹布把你擦得乾乾淨淨！」

那支毛筆終於被真真的「道理」說服了，它的筆尖裡冒出綠油油的藤蔓，在真真的指揮下，那條藤蔓把真真和知宵綁在柱子上，這樣他們至少不會從屋子的這一側飛著撞向另一側的牆壁。

顛簸與搖晃還在繼續，不一會兒，一團不明物體從天而降，落在石塔外面的樹林裡，知宵還聽到了喵喵的叫聲；他心裡一沉，明白那是茶來從屋頂上摔下來了。

「我們得去看看他！」

知宵說著，伸手想要扒開藤蔓，藤蔓本來就是活的，自然而然鬆開了一些，知宵鑽了出去，勉強朝大門靠近。這時候，塔身突然朝左側傾斜。知宵已稍微習慣了這樣的顛簸，趕緊跑過去抱住那尊紅色雕像。雕像又開始說話了：「福壽雙全。」

「謝謝你的祝福。」知宵忍不住對雕像說。

就在這時，真真也從傾斜著的地板走來知宵身邊，說道：「握住毛筆！」知宵沒時間仔細問，乖乖照做了。原本縮短的藤蔓再次變長，像一條靈敏的蛇奔到石塔外，最後纏繞在一棵老樟樹上。

「抓穩了！」

真真的話音剛落，藤蔓開始迅速收縮，把知宵和真真拽出了石塔。這藤蔓的力氣真大，他們倆甚至飛到了半空中，朝著鬱鬱蔥蔥的樹林飛去。這樣下去，他們不就落得和茶來一個下場了？知宵一分神便鬆開了手，真真也跟著鬆開了手，不過他們倆並沒有掉下去，有什麼輕輕、軟軟的東西飄了過來，把他們倆纏住了。汗水迷濛了知宵的眼睛，不過他還是能看出來，纏住他的應該是一片巨大的羽毛，看它的顏色，應該是相和頭上的羽毛。

「我本來只想讓藤蔓慢慢收縮，這樣咱們就能拉著它走出去，不用擔心摔倒了。看來它不明白我的意思。」真真有些抱歉的說。

知宵本來想抱怨兩句，可是他的心跳得太厲害，體溫又降低了，他決定還是算了。

這時候，茶來也從樹林裡衝了出來，除了身上有幾片樹葉，他和剛才沒有什麼差別。真是白白替他擔心了一場！知宵這才想到茶來也是妖怪，哪那麼容易就摔成肉餅。

「你們不要亂動好嗎？我不想讓你們受傷。」塔頂上的相和說，她的聲音依然含含糊糊，看來醉得不輕。

羽毛輕輕落回到地面上，讓知宵和真真躺下，不過依然纏在他們身上。知宵覺得自己就像蠶蛹一樣，怎麼也動不了。無意中，他的目光瞥見了將藥草園子圍起來的碎石塊，便對茶來說：「啊！我認得這個，沈碧波說過，這是醒醉草！我們可以用這個讓相和清醒過來！」

茶來轉頭跑向藥草園子，跳到圍牆裡面，沒過一會兒又跳了出來，嘴裡啣著一叢紫色的圓葉子，再一次跑向塔頂。可惜從知宵的角度看不清楚塔頂的情況，但他聽到了喵喵的叫聲和相和的抱怨聲，然後茶來又一次從屋頂跳了下來，這次他輕巧的落在知宵和真真身邊，把他們倆從羽毛的束縛裡解救出來。

「成功了。」茶來說，「知宵，你想了個好主意。胡鬧和醉酒逃避不了任何東西，她還是清醒點比較好。不過以咱們的能力，恐怕打不過相和，搶不走驅山鐸，也就不能讓相和停下來。不如就由她去吧。」

沒錯，驅山鐸依然在相和手中不知疲倦的搖晃著，風鈴也叮鈴、叮鈴響著，它們的聲音全都交纏在一起了。這些聲音會指引鹿吳山去到什麼地方呢？

那片羽毛變回了正常大小，落到地上。剛才相和讓大家吃了不少苦頭，知宵不想把這片羽毛還給相和；正彎腰準備把它撿起來時，羽毛突然又飛了起來，像被大風吹著似的，飛進石塔之中。知宵也追了進去，那片羽毛又從大門對面的窗戶飛了出去，飛向天空，看來是飛回相和頭上了。

石塔裡一片狼藉，除了那尊大紅色的雕像和四面的牆壁，所有東西都離開了它們原來的位置。現在四周安靜下來，知宵這才注意到，從石塔深處的角落裡，傳來了誦經般的聲音。知宵走上前去，看到了東邊，他還是和上次一樣，穿著花衣裳，盤腿坐著，手裡握著兩個橘子。知宵發現東邊的左臉有一塊明顯的疤痕，露出了泥土的顏色。他想到了剛剛睚眥說過的話。

「那位泥偶先生。」

知宵想，泥偶一定就是東邊的真身了，原來泥偶也能變成妖怪啊！怪不得東邊的表情和動作總是很生硬，看上去和其他的妖怪不一樣。

當然，知宵也聽清楚了東邊的誦經聲：「沒什麼好怕的，完全不可怕，沒什麼好怕的，完全不可怕……」

「東邊害怕什麼呢？」知宵小聲問茶來。

「我猜他是怕高吧。」茶來說，「畢竟是泥偶怪，很容易摔碎的。就算是妖怪，摔碎了也是會死的。」

知宵從來都不是一個膽大的人，他害怕的東西要認真算起來的話，十個手指頭加上十個腳趾都不夠用，所以他很理解東邊的感受。知宵想到了前幾天的事，想到了金銀先生的作法，於是他也盤腿坐在東邊身邊，希望能讓東邊好受一點。茶來見狀，也在知宵身邊趴下，閉上眼睛，開始睡覺。這隻胖貓在任何情況下都能睡得著。

過了一會兒，東邊睜開了眼睛，轉頭看著知宵，一句話也不說。這個不太擅長用表情與聲音表達情感的泥偶怪，眼神裡偏偏包含了太多的東西，知宵什麼也看不明白。

「小老闆，非常感謝您陪伴在下。」東邊說，「說來慚愧，在下已經在天空中飛了好幾天，不過心裡依然惴惴不安，特別是發生顛簸之時。」

「不用客氣。」知宵說。

「在下思索良久，覺得有一件事情必須向您坦白，小老闆。」

「請說。」

東邊頓了頓，目光轉向別的地方，過了十幾秒鐘，他的目光才再次轉回到知宵身上。

「這都是些陳年舊事，不知小老闆是否還記得。那時您到鹿吳山上作客，人小貪玩，跑到湖邊來。荷花開得正好，您爬上小木船，可能是想要摘花，結果掉進了湖裡。在下剛好在湖邊，看到您在水中痛苦掙扎，隨時有生命危險。慚愧的是，在下是泥偶，很怕水，不敢跳進湖裡救您，急得在岸上直打轉。幸好山莊的員工經過，才把您救出來。那時您已經昏迷不醒，差點死去。在下一直擔心，那次溺水事件會在您心中留下陰影，讓您害怕水。」

「原來我們真的見過，太好了！沒有，東邊，你不要介意。雖然我害怕的東西有很多，但我現在很喜歡游泳，一點兒也不怕水。」

知宵終於明白，為什麼他會覺得東邊的聲音有些耳熟，原來還發生過這樣的事。而且經東邊提醒，知宵也隱約記起自己落水的這件事來，與此同時，一種遙遠的恐懼也從記憶的角落裡甦醒。

「那就好。但這件事一直縈繞於在下心頭，一想起當日的懦弱，在下就坐立難安。如今，是時候了結這樁心事了。小老闆，今後如果您有什麼地方需要幫忙，請不要客氣，儘管吩咐在下。」

知宵使勁點頭，想讓東邊安心。可是從東邊的眼神裡，他並沒有感覺這個泥偶怪變輕鬆了。難道東邊還有什麼事情沒能說出口嗎？還是說，自己現在就該找點事情請東邊幫忙，才能讓他好過一點？要不要改天讓東邊看看他在游泳池裡玩得多高興？知宵托著下巴，出神的想。

突然之間，知宵眼前一片漆黑，他打了個寒顫，以為是蒲牢攜帶著一大堆烏雲把鹿吳山包圍了。不一會兒，眼前再次變得明亮，身邊的一切都沒變，可是，知宵的感覺不一樣了。過了幾秒鐘他才明白過來，從窗外射進塔裡的光線似乎變成了橘黃色。

第八章

惡作劇無處不在

「我們應該是飛入仙境了。」茶來說。

真真的聲音也從外面傳進來：「知宵、茶來，你們快來看看天上的雲！」

知宵跟在茶來身後跑出石塔，抬起頭發現湛藍、高遠的天空變成了橙黃色，雲朵的形狀更加奇怪了，怎麼看都像一群在天空中奔跑的野獸。知宵又透過樹縫看了看外面，發現不遠處的地面上有一片青綠色的大湖，湖上有一尊巨大的大理石雕像。它有著獅子的腦袋、麋鹿的身體、身上布滿鱗片，還有一條牛的尾巴，那就是麒麟，它正望著自己水中的倒影露出滿意的微笑。

知宵認了出來，這兒是高石沼，神獸麒麟的家鄉。暑假的時候，曲江帶著知宵來這兒拜訪過一隻年長的麒麟。大部分麒麟都很自戀，認為自己是世界上最美麗的生靈，要是給他們一面鏡子，他們可以不眠不休的照上四、五天。

於是，曲江事先教給知宵幾句讚美人的話，知宵把這些話說給老麒麟聽，老麒麟高興得像是年輕了一千歲。禮尚往來，老麒麟也毫不吝惜的把知宵從頭誇到尾。主人和客人都非常滿意，其樂融融。

這尊雕像就在高石沼的入口對面，當大家一走進高石沼，首先就會被麒麟雕像那優美的身姿吸引。

「不管看多少次，不管從哪個角度看，這雕像都讓人討厭。你們認為呢？」相和探出頭來，望著石塔下的茶來、真真和知宵，說：「我喜歡收藏各種雕塑作品，不過老實說，就算高石沼把這雕像送給我，我也不想要。這些臭麒麟太把自己當回事了，還讓每個拜訪高石沼的妖怪都要膜拜他們。我至少寫了一百封信，強烈要求撤掉這可怕的雕像，那些麒麟完全不理會我的想法！實在太可惡，我早就想代表那些心懷怨言的妖怪做些什麼了！」

「我勸你什麼都別做，只在高石沼轉一圈就好。要不然你再寫一百封信，如何？我認識幾個很會寫信的妖怪，可以讓他們幫忙。但是，不要讓衝動占領了你的頭腦，好嗎？」茶來說，「如果惹怒了麒麟，就是蒲牢也保護不了你了。」

「哈！這樣最好。」相和笑了起來，她的笑聲有些嚇人，「我必須要做出一點讓蒲牢無法保護我的事，才能讓她明白，放手讓我自己去玩兒是最好的選擇。」

鹿吳山停了下來，很平靜，似乎沒撞上任何東西。

接著，相和又說：「東邊，你要不要到塔頂上來？」

不知什麼時候，東邊也走出了石塔，倚靠在離知宵不遠的一棵大樹上。

「不用，真的不用，在下不喜歡待在高處。」東邊的語速比往常快了一倍。

「你在天上飛了這麼多天，難道還會害怕嗎？不用擔心。」

「多謝您的好意，但在下只能拒絕。」

「好吧，你想上來看看的時候，就直接跟我說。」

說著，相和從袖子裡掏出一大堆乒乓球大小的器物，把它們朝著雕像所在的方向扔過去，發出細微的響聲。地面被樹包圍，什麼也看不清楚，知宵和真真急急忙忙往樓上跑，當他們到達第四層時，從窗戶望過去，便能看到那尊巨大的麒麟雕像。不過，此時它不再是白色的，而是被相和扔過去的東西染得花花綠綠的，倒是和茶來的毛色有幾分相似。

知宵認為這樣的雕像也挺好看的，但麒麟的想法顯然不一樣，這無異於在所有麒麟的臉上塗鴉啊！

「傷魂鳥相和，為什麼不打聲招呼就進入麒麟仙境？看你幹的好事！」一隻麒麟的聲音從空中傳來，語帶威嚴，似乎是從很遠的地方傳來的。知宵東瞧瞧、西看看，找不到麒麟的身影，心想，完了，這隻麒麟一定不會放過相和的！

「沒錯，確實是我幹的，你不用感謝我。再見！」

相和繼續搖晃驅山鐸，鹿吳山又飛了起來。這次驅山鐸的響聲很急，鹿吳山的飛行速度也變得很快，不一會兒就離湖很遠了。知宵看到了，湖對面的墨綠色樹林裡，有一團白色的物體被柔和的光芒包圍，那就是剛才發出質問的麒麟。他的速度很快，身體像氫氣球一樣輕盈，踩著空氣慢慢飛向高處，逼近鹿吳山。不過，驅山鐸的力量比知宵想像中更加強大，在它的幫助下，這隻麒麟遲遲沒能縮短和鹿吳山之間的距離。還好，大部分麒麟個性溫和，不喜歡捲入衝突、鬥爭之中。因此，比起追趕鹿吳山，這隻麒麟更關心雕像的情況，他很快就停了下來，對相和吼道：「我會把你今天所做的事告訴蒲牢！」

麒麟的聲音並不洪亮，可是卻擁有魔力，能直直鑽進大腦裡。要是普通人聽到這種聲音，一定會嚇得心驚肉跳。

但是相和可不在乎，她扯開嗓門兒叫道：「你去吧，反正你們自己什麼事情都不做，最喜歡打小報告！」

相和也明白，眼下她已擺脫了危機。她一屁股坐在塔頂上，知宵抬起頭，就能看到她那兩條不停晃蕩的腿。隱隱約約的，知宵還聽到相和長舒了一口氣，難道她剛才也很緊張、害怕嗎？真是這樣，她何必去招惹麒麟呢？

接著，相和從袖子裡拿出沒喝完的果汁，咕咚、咕咚把它們全灌進了肚子裡。

「接下來我們又要去哪兒呢？」相和低頭看了看，得意揚揚的說，「喂，李知宵，你有沒有什麼推薦的地方可以旅行？」

「我們還是回去吧。」知宵想了想，說，「不然的話，咱們可以靜悄悄的飛過天空，取得仙境之主的同意之後，再飛到別的仙境裡，不要在任何東西上亂塗亂畫。」

「唉！」相和歎了一口氣，「知宵，你真無趣，如果是你太奶奶章含煙，絕對不會給出這樣的建議。」

「真的嗎？我不太了解太奶奶，她會給您什麼建議呢？」

「她會建議——」相和頓了頓，「她會告訴我，她和誰有仇，跟誰有怨，讓我去撞翻她仇人的房子！」

「不對，太奶奶不會這樣的。」知宵果斷的搖搖頭說。

如果太奶奶如此任性，又怎麼會創建一家妖怪客棧來保護小妖小怪呢？她並不是想要賺取房租，因為知宵確定，有一些房客，比如曲江，可能從來都沒交過房租，但他們都沒被趕出去。

「不要覺得我在說謊，」相和似乎看穿了知宵的心思，「這個世界本來就不是你想的那樣，你遲早會明白的。廢話不多說，反正現在還不到停下來的時候，咱們還可以多去幾個地方。啊，對了，姑獲鳥居住的羽佑鄉怎麼樣？我和十九星姊姊一直關係不錯，她一定會歡迎我的。」

十九星是沈碧波的養母，也是姑獲鳥的首領，她善良、大方，所以羽佑鄉的出入口也是所有仙境中最多的。要是以前，十九星一定不會拒絕相和，可是大概半年前，羽佑鄉遇到一場巨大的災難，知宵和妖怪客棧也捲入了這場紛爭。羽佑鄉本來生機勃勃的土地變得荒涼，死氣沉沉，異常脆弱。為此，十九星嚴格控制各大仙路入口，不希望太多妖怪來來往往，就怕對羽佑鄉的恢復有不好的影響。

「請您不要飛去羽佑鄉！」知宵想到這裡，連忙說。

「好吧，那不如去白水鄉？反正那兒離高石沼不遠。對，就這麼決定了，謝謝你的提議，知宵。」

「我什麼時候提議了，我希望您——」

話還沒說完，知宵的眼前又一片黑暗。等到黑暗消失，麒麟形狀的雲朵不見了，天空再一次變得湛藍，地面變成了人類城市的樣子。鹿吳山離開了高石沼。

關於白水鄉，知宵知道些什麼呢？

知宵只知道，白水鄉的山裡有一眼名叫洗塵泉的溫泉，一隻妖怪如果在那兒泡上四十九天，忍受很多、很多痛苦，就能洗去自身的氣息，從而也失去了自己的身分。人類也一樣。前不久，沈碧波的母親便想讓他在那兒泡泡澡，洗去關於人類的一切，然後再經歷更多、更多痛苦，把他變成姑獲鳥。但是沈碧波拒絕了。

對了，白水鄉由白虎神鎮守，一直是妖界公認的「十大最美仙境」之一。知宵一直想去白水鄉參觀一番，當個文明的遊客，吃吃仙境美食，看看仙境風景，拍幾張紀念照片，然後給媽媽帶回一些妖怪手工製作的土特產。但他可不想就這樣待在一座由瘋狂的相和指揮的山上，跑到白水鄉亂塗亂畫，然後被白水鄉的守衛追著跑。

必須要把驅山鐸奪過來，制止相和的破壞行為！

這個想法在知宵的心裡越來越明確，不過就連茶來也無法勸服相和，他又能做什麼呢？他只能來到塔的第七層，大聲對相和說：「相和，您冷靜一下，能不能把驅山鐸還給我？」

「不行！」

「驅山鐸是我送給您的，不過，當時我沒想過讓您趕著鹿吳山到處搗亂。」

「既然你已經把它送給我了，要怎麼使用它，不是我的自由嗎？真是的，你說話的語氣簡直快和蒲牢一樣討厭了！」相和說，「還有，你別以為我不知道，這驅山鐸其實是章含煙讓你送給我的吧？前不久我還見過她，她當然明白我最需要的是什麼，你這個小孩子怎麼可能知道，又怎麼可能拿得出這麼貴重的東西來？難道你太奶奶沒想過我會怎樣使用它？但她很放心，所以你也不要瞎操心，行嗎？」

「那可不一定，說不定太奶奶她──」

「別說了！」相和喝止了知宵，「我是鹿吳山的山神，你是山上的客人，聽我的就行了。」

知宵不再說話，但是心裡卻湧起一股無名火，不管相和能否看得到，知宵抬頭朝塔頂扮了個鬼臉，還吐了吐舌頭，依然不解氣。就這樣，鹿吳山還是一步一步飛進了仙境白水鄉。

和知宵的想像有些不一樣，白水鄉的地面全是低矮的山丘，上面布滿墨綠色的大樹，和人類世界的森林沒多大區別。唯一令人有些意外的是，一條橙色的帶子橫在大森林裡，彎彎曲曲的朝遠處延伸，一直沒有盡頭。

驅山鐸的鈴聲清脆、有力，鹿吳山向著那條帶子靠近。知宵終於看清了，原來那條帶子是一座空空蕩蕩的長橋，不知為什麼，橋上一個妖怪也沒有。鹿吳山並沒有減速的意思，穩穩當當的轟然著陸。

光是想想也明白，那座橙色的長橋根本沒辦法承受得住一座山的重擊。接下來，和剛才在高石沼一樣，相和在仙境裡的追兵趕來時，逃出了白水鄉，然後嘲笑大家怎麼也抓不住她。

第九章

唯一的羽毛

茶來已經徹底把螭吻的命令拋在腦後，找了個安全的角落呼呼大睡，不想再操心相和的事。知宵和真真下了樓，怎麼也搖不醒這隻懶貓，只好放棄。這時候，東邊來到了知宵和真真身邊。

「小老闆，真真，在下想過了，相和玩得太過火，好像停不下來了，在下應該做點什麼。在下也有推卸不了的責任，暗自著急。剛才相和頭頂那片羽毛掠過在下眼前，在下心生一計。然而，在下的身體不夠靈活，以在下的立場，又不方便正面對抗相和，只好請你和真真、茶來幫忙了。你放心，相和剛才又喝了酒，應該注意不到。」

東邊招招手，示意知宵和真真把耳朵湊過去，然後說了好一陣子，又把一大堆奇怪的物品塞給他們。知宵發現它們全都是用紙片折成的小動物，顏色也各不相同。

「這是在下一直隨身攜帶的法器，多多少少能夠幫到你們。」東邊小聲說。

「它們有什麼作用？怎麼使用呢？」知宵也小聲問道。

「時間緊迫，來不及細細解釋。你們只需要記住，遇到危機時，把它們朝你的敵人扔過去就好。到時你們自會看到效果。」

兩個小夥伴點點頭，把這些看起來不太有用的法器塞進口袋裡，然後把茶來叫醒，向他說起東邊的計畫。

「相和好像把她頭上的那片羽毛當成寶貝，我們可以用它來威脅相和。真真，我們幾個都不會飛，你可以不引起相和的注意，用毛筆把相和頭頂的羽毛取下來嗎？」知宵說。

「沒問題。」

「那我去幫真真的忙，掩護她。」茶來說，「知宵，你去說些讓人生氣的話，引開相和的注意力。」

兩人一貓分頭行動。知宵深吸一口氣，忍不住又伸手摸了摸胸前的平安扣，然後走出石塔。該說些什麼話來分散相和的注意力呢？知宵有點頭大。讓人生氣的話，難道是罵人的話？可惜一直以來，父母都希望知宵當個有教養的孩子，他沒有學過說髒話，這太難為他了。剛才知宵想要收回驅山鐸，確實讓相和生氣了，要不要把剛剛的話再說一遍？不行，不行，萬一相和真的把他扔下山去，那可如何是好？

可是時間緊迫，容不得知宵細細思索。於是他大叫著相和的名字，把浮現在腦子裡的第一個問題拋了出來。

「相和，您說太奶奶不久之前來看過您，您能不能告訴我一些關於她的事？」

相和有些疑惑的望著知宵，說道：「你為什麼突然想知道那些事？」

知宵的心裡也有一個聲音這樣責備他，對啊，明明應該說更有趣一點兒的話題！可是話已經說出口了，只好將交談繼續下去。

「我一直想要見見她，您知道她在哪兒嗎？」知宵又問。

「我不知道她到底在哪兒，我也不在意。」相和並沒有忽略知宵的問題，很認真的回答道，「章含煙不擅長和妖怪或是人類打交道，總是獨來獨住。上次她來看望我也是匆匆忙忙的，說有什麼重要的事情必須去做。你們不是已經見面了嗎？為什麼你還執著於再見她？她長得不好看，又很無聊，脾氣也不太好，見了反而失望。」

「可是我想和她談一談。」知宵說，「我想問問她該怎樣控制妖力。每當我感到緊張和害怕的時候，我的身體就會結冰，頭髮也會變白。有時候我不想使用妖力，但就是控制不好，它經常自己就跑出來了。嘲風說，再這樣下去，我會有生命危險。雖然大家後來都叫我不要擔心，我還是想見見她，只有她才能告訴我，我該怎樣正確使用身上的雪妖力量。」

「這樣啊。」相和說，「可是你不要急著找她，她如果願意，會再次主動找上你的。」

知宵和相和距離很遠，但是當相和看著他時，知宵能夠感覺到她的眼神裡飽含著鼓勵，她沒把知宵當成什麼也不懂的小孩子，並不想敷衍他。知宵的心底湧起一種熟悉的感覺，說不定以前他在鹿吳山摔倒了，相和便是用這樣的眼神鼓勵他不要掉眼淚，要自己站起來。

當然，時間緊迫，知宵也沒空回憶這些久遠又模糊的往事。

這時，知宵看到藤蔓出現在相和身後，他的心都快跳到喉嚨口了，所以不由得提高了說話的聲音。

「相和，您能不能說一些關於太奶奶的有趣往事呢？」知宵盡量讓自己的聲音聽起來平靜一些，「我想多了解她一些。」

「你怎麼這麼煩人呢？」相和說，「我現在哪有空幫你回憶往事！喂，李知宵，你好像有些奇怪啊。之前你不是很拘謹，也不會主動和我說話嗎？螭吻也說過，你不是一個主動的小孩子，現在太反常了。你的眼神也不太對，是不是在打什麼壞主意？」

糟糕，相和察覺到了！知宵急得汗水直流，真想逃進石塔裡，不過這時候，他看到藤蔓到達了相和的頭頂。於是他用盡全身力氣說道：「沒有！我只是覺得太奶奶對我來說非常重要，我應該更加了解她才是，我……」

知宵急中生智，捂著肚子「哎喲、哎喲」叫了起來，故意把臉皺成一團。他太誇張了，別說騙相和了，甚至沒辦法說服自己。不過，不管是真、是假，這都吸引了相和的注意力，她關切的聲音從塔頂上傳來：「知宵，你沒事吧？千萬不要在鹿吳山上出什麼事，不然我該怎麼辦？」

相和想從塔頂飛下來，看看知宵的狀況，這不是弄巧成拙了嗎？

知宵趕緊說：「我沒事，您不用擔心——」

相和還是飛落了下來，情急之下，知宵趕緊把手伸進褲兜裡，摸出東邊給的道具，把它們一股腦兒朝著相和的臉扔過去。

「砰砰！」

「啪啦！」

「噗噗！」

「刺啦！」

各種各樣的聲音響起，接著，各種顏色的煙霧湧出來，把相和團團包圍了。不同顏色的煙霧，也有不同的氣味，相和一時間招架不住。

「知宵快過來，我抓到相和的羽毛了！」

真真的聲音從塔的另一側傳來，知宵拔腿就跑，去和自己的同夥會合。不過，這些煙霧對相和來說只是小兒科，不一會兒她就衝出了「包圍圈」，緊跟著追了過去，嘴裡嚷嚷道：「李知宵，你這個小壞蛋！」

知宵和真真、茶來在半路上會合，相和緊隨其後。知宵趕緊掏出剛才東邊交給他的剪刀，對準羽毛，上氣不接下氣的對相和說：「相和，您不要過來，不然……不然我就剪掉這片羽毛！」

相和馬上停下了腳步，她歎了一口氣，說道：「你們到底想幹什麼呢？我可沒心思陪你們玩！」

「我們才不是鬧著玩！」真真大聲說，「請您快讓鹿吳山停下來，不再跑去其他地方搞破壞。這樣的話，我們就把羽毛還給您！」

「沒錯，沒錯！」茶來附和道，想給真真壯壯聲勢。

知宵也故意挺胸抬頭，瞪著相和，不想讓相和看出他心裡的不安與緊張。

「我是一隻傷魂鳥，最不缺的就是羽毛，既然你們這麼想要，剪掉就剪掉吧。」相和毫不在意的說。

「什麼？這對您來說難道不是很重要的東西嗎？」知宵問。

「當然很重要，所以我覺得你不會弄斷它。」相和莞爾一笑，「知宵，你不夠果斷，也不夠討厭我，根本當不了壞人。」

「我會剪掉它的，如果我想當壞人，也能變成壞人的！」知宵非常不服氣的說道，又覺得自己的話莫名其妙，「不對，我覺得我在做正確的事！」

「那好吧。」

相和雙手抱在胸前，斜靠在身邊的一棵大樹上，臉上依然帶著笑，似乎等著知宵行動。

知宵猶豫了，他確實下不了手。真真見狀，奪走了剪刀和羽毛，想代替知宵行動。她比自己的同伴果斷多了。

相和一看真真出手，瞬間站直了身體，化成了一道寶藍色的影子撲了過來。知宵以為自己會被撞翻，可是相和像一陣風似的穿過空隙，停在知宵、真真和茶來身後，真真手中的羽毛和剪刀都不見了。

不過，幸好茶來搶走了羽毛，把它叼在嘴裡。茶來簡直靈活得像個皮球一樣，他以樹幹為跳板跳進了藥草園子裡，打了幾個滾兒又從另一側的石牆翻了出去，直奔樹林。

相和並沒有追過去，她又笑了，說道：「好吧，你們贏了。唉，算了，今天的旅行到此結束。」相和驅使驅山鐸，調整了飛行方向。

可是天空是相和的地盤，無論知宵、真真還是茶來，都不確定相和是真的要找個地方停下來，還是決定轉頭飛去羽佑鄉繼續胡鬧。因此，茶來一直躲在樹林裡，不肯把羽毛交還給相和。知宵有些擔心茶來會在某塊石頭的縫隙裡睡著了，那隻貓妖向來沒有危機意識。

還好，相和並不執著於拿回羽毛，只是坐在塔頂上，默默指揮著鹿吳山前進。今天的陽光依然毒辣，她就那樣坐著，沒有羽毛的遮擋，知宵心裡突然產生一種擔憂，覺得相和可能會在陽光下蒸發掉。

此刻相和到底在想什麼呢？她是很生大家的氣，還是很難過呢？

回到石塔裡休息時，真真對東邊說：「那片羽毛看起來沒什麼特別的啊，為什麼相和那麼珍惜它呢？」

「其實，那是相和母親留下的羽毛，是她對母親的紀念吧！在下也是無奈之下才出此下策。」東邊說。

「那我們剛才想要剪掉它，不是非常過分嗎？」知宵說。

「沒錯，如果我是相和，絕對會把我們幾個痛打一頓才能消氣。」真真默默想了想，又說，「不行，我們應該向相和道歉。」

不等知宵回答，真真就拽著他和東邊走出石塔，大叫著相和的名字。大家一起向相和道歉，可是相和並沒有回應，她掀起一陣風把大家吹進了石塔，然後那陣風「砰」的一聲關上了石塔的大門。

接下來一路無事，最後鹿吳山還是輕輕的停了下來。知宵和真真一直在石塔最頂層觀察著鹿吳山的前行方向，明白此刻他們是在海上。

鹿吳山怎麼沒沉進海底呢？可能它是停在礁石上吧。驅山鐸的聲音消失了，四周一片安靜，知宵探出頭去，朝著塔頂輕聲呼喚相和的名字，可是沒有人回應他，他也聽不到任何聲響。相和可能已經到別的地方去了。

「我們也下去吧。」真真說。

兩個小夥伴走下木樓梯，樓梯發出的嘎吱、嘎吱聲，比以往任何時候都更刺耳。就在他們倆到達第二層時，知宵瞥見了樓下的情況，看到相和正從大門外走進來，羽毛已經回到了她的頭上。

相和張望了一下，就往大廳北面走去。不一會兒，知宵便聽到了她的聲音：「東邊，剛才是不是你給茶來他們出主意了？你怎麼能這樣做呢？不是說好要一直支持我的嗎？付你工資的是我，可不是螭吻。」

「非常抱歉。」東邊的聲音很平淡，「只是您所做的一切，實在與在下所想不符。」

「我們相識一百多年，難道你還不了解真正的我？我不想成為你腦海裡的英雄，東邊，我只想按照我自己的想法做事。」

「有時候，在下還是希望您三思而後行。」

這時候，知宵和真真來到了石塔底層。知宵能夠看到相和，她不耐煩的把玩著頭上的羽毛，東邊垂著腦袋站在她身邊，表現得異常恭敬。相和回頭看了看知宵和真真，便什麼也不說了。

就在她轉過頭去的一瞬間，知宵彷彿瞥見了相和嘴角的笑意，頓時產生了一種不好的預感。

只見相和走上前去，攔腰抱起了東邊，從窗戶飛了出去。知宵哆嗦了一下，追到窗戶下，然後馬上又迅速跑到石塔外。他正準備繞路到窗戶旁邊去看看相和飛去了哪兒，便聽到東邊的聲音從塔頂方向傳來。

「不行，不行，太高了。相和，請讓在下離開這兒。」東邊的聲音乾巴巴的。

「為什麼呀？塔頂的風可舒服了，我想讓你感受一下。這兒的雲也比地面好看多了，你睜開眼睛瞧瞧。」相和笑瞇瞇的說，「你總是怕高，總是待在最底層。你還怕水，連大海的邊都不敢靠近。不過，以毒攻毒，這可是你克服懼高症的好機會。」

「多謝好意，在下感激不盡，但在下此時並不打算克服懼高症，請讓在下下去吧。」

「當然可以，但你得睜開眼睛，站起來好好看看地面。如果你不小心掉下去，我會接住你的，任何時候，你都應該相信我。我可是傷魂鳥，速度很快的。」

東邊沒有說話，也沒有動。

知宵忍不住衝著相和說道：「相和，您就讓東邊下來吧！您不是說，要等到他願意上去的時候再上去嗎？」

「沒錯，別以為東邊是您的員工，您就能隨便欺負他！」真真有些激動的說。

「你們倆認識沈碧波那小子，對吧？他是不是對你們說了我的壞話？」相和問。

「他沒這樣做過，沈碧波不喜歡在背後說其他妖怪的壞話！」知宵為自己的朋友辯護道。

「不用聽沈碧波說，我們也看出來了，您對東邊非常不好，完全不尊重他！請不要為難東邊了！」

「我不是為難他，你們都不明白我的良苦用心。」

相和又一次抱起東邊，朝著更高處飛去。知宵一直抬頭觀察著天空的狀態，直到相和與東邊變成了一個小黑點。這時候，相和好像停了下來。距離太遠了，知宵聽不到東邊的聲音，但他似乎可以感受到東邊心中的恐懼。

「真真，你可以用你的毛筆把東邊和相和抓住嗎？」知宵提醒道。

真真這才反應過來，趕緊拿起毛筆指向天空，說道：「毛筆啊毛筆，求你今天再工作一次好嗎？幫我抓住相和和東邊吧！」

這次毛筆沒有鬧情緒，藤蔓從筆尖冒了出來，朝著天空飛升。這樣的距離對它來說應該沒有問題，不久前，它還讓自己長成了一棵參天大樹呢。不過，可能因為這次它感覺到了四周的危險氣息，幾秒鐘之後，藤蔓便停止生長，然後縮了回來。

真真像訓斥家裡養的寵物一樣，指責起自己的法術道具來。這時候，知宵拍了拍真真的胳膊，說道：「快看天上！」

原來，天空中的黑點一分為二，其中一部分開始靠近鹿吳山，越來越大。知宵看清楚了那花哨的衣服，知道那是東邊。相和還停在高空中盤旋，沒有任何行動的意思。

她真是瘋了，竟然從那麼高的地方把東邊扔了下來！東邊是泥偶怪，摔下來一定會粉身碎骨的！

真真二話不說，拋下毛筆，從口袋裡掏出一張符紙來，那裡面包著一片不知什麼時候從麻雀妖白若身上拔下來的羽毛，她準備變出一隻傀儡鳥去接東邊。知宵看看施法術的真真，又看看離石塔越來越近的東邊，急得直抓頭。

「真真，真真，快點！東邊馬上就要落到地上了！」知宵不停的催。

真真沒有搭理知宵，全心全意的念著咒語，然後扔出了符紙。那張紙在半空中變成了和麻雀妖一模一樣的鳥兒，直直朝著東邊飛過去，穩穩接住了東邊。

「哈，東邊好輕！」真真說。傀儡使用的都是真真的力量，她馬上感覺到了。

傀儡鳥輕輕的把東邊放在地上，便飛向真真，停在她的手心，重新變成一張符紙。知宵扶起癱坐在地上的東邊，發現他的臉正在褪色，不再是人類的外貌，而是變成了泥巴的顏色，也就是東邊本來的樣子。

「你還好嗎？」知宵擔憂的問。

「在下、在下平安無事，多謝小老闆與真真。」東邊的聲音很細弱，像隨時會消失一樣。

這時，相和也飛回了鹿吳山上，不高興的對真真說：「你這個小姑娘還挺厲害的！可是我說過，我會接住東邊的，我說到就會做到。你為什麼要懷疑我？螭吻最可恨了，他自己總是摻和其他妖怪的家務事，後來又跑到妖怪客棧做保護人，還收了弟子，現在大家還一起來管我的事！李知宵、柳真真，你們倆快點離開鹿吳山，不然我就把你們像茶來一樣扔進海裡了。」相和似乎真的生氣了。

「什麼？難怪茶來一直沒回來，他被您扔進了海裡？」知宵高聲問。

「嗯，說不定他現在已經進了哪條魚的肚子裡了。」相和滿不在乎的說。

知宵氣得話也說不出來，只是瞪著相和。

半晌，知宵才說道：「在我的印象裡，很多貓都怕水，不知道茶來會不會也這樣，正在水裡掙扎？相和，您真是太過分了！」

真真也在旁邊生氣的插話道：「就是。前幾天來鹿吳山上參加生日聚會，我們對您的印象居然還不錯，天哪，我覺得自己的眼光差到極點了！」

知宵站起身來跑到真真旁邊去，說道：「真真，我們快去找找茶來。」

「相和，如果茶來出了什麼意外，我一定會……我……」

真真怎麼也說不下去，眼淚快從她的眼眶裡滾出來了。知宵抓住她的手，拉著她離開。

來到樹林之後，真真的眼淚還是流了出來。她拿袖子擦了擦臉，然後發脾氣似的抬腿一踢，一大堆落葉和小石頭，還有一個松果，都飛到了空中。

雖然真真平時老是喜歡捉弄茶來，但是她和茶來的關係一向挺好。知宵還聽說，當時還是茶來再三替真真說好話，蠣吻才答應收真真做弟子的。

「你別擔心，真真。」知宵安慰道，「茶來畢竟是妖怪，不是普通的貓，應該沒那麼容易淹死。」

「但妖怪也並不是天下無敵的啊，他們也有自己害怕的東西，只是不想告訴別人。」真真說，「我就從來沒見茶來洗過澡，說不定他就是害怕水呢？如果相和一直做這種傷害別的妖怪的事，蒲牢還一直包容她，那蒲牢也有責任啊！任性可以，但是以傷害別人為代價，那就太過分了！」

不一會兒，知宵和真真就來到了海邊。此時風很小，海面很平靜，但它太寬廣了。知宵和真真不是魚，沒辦法一直待在水裡，游過世界上所有的海，把茶來找出來，或者和其他魚兒交流，讓牠們幫忙。他們也沒學會在水上行走的本領，結果被困在了鹿吳山上。

知宵用兩隻手圈成喇叭狀，放在嘴巴前面，使出渾身的力氣叫道：「茶來——」沒有貓叫聲回應知宵，海面依然平靜。知宵繼續呼喚茶來，真真也一樣，他們的聲音此起彼落，可是傳得並不遠。海洋比兩個孩子想的要廣闊得多。

「嘻嘻嘻。」

耳邊傳來了奇怪的笑聲，很細、很輕。知宵停止呼喊，等待著，不一會兒，笑聲再次傳到他的耳邊。

「你是饒舌之風嗎？」知宵問道。

知宵感覺得到，有一縷風鑽進了他的耳朵裡。這種感覺很親切，因為大半年前，有一縷饒舌之風寄住在他的耳朵裡，那縷風和夥伴們失散了，想找個溫暖的地方度過冬天。後來那縷饒舌之風在羽佑鄉找到了自己的夥伴就離開了他，知宵真希望剛剛這縷風是自己的朋友。當然，可能性太小了。

「你竟然知道我是饒舌之風！也對，普通人類小孩不可能出現在一座突然降落的山上。」耳朵裡傳來了聲音。

「我有一個朋友是你的同類，所以我知道你。你能幫我一個忙嗎？你有沒有看到一隻貓妖？他長得很花哨，身上的毛一塊紅、一塊綠的。」知宵又問。

這時，真真轉過頭來，好奇的望著自言自語的知宵。

「看到？這個詞語不準確，因為我並不像你一樣擁有雙眼。」饒舌之風說。

「那該怎麼說？感覺到？」

「也不太準確。算了，還是『看到』比較好，只是我不用眼睛看。我沒有看到你說的那隻貓妖，不過我在海上待了很長時間，知道很多逸聞和趣事。你想不想知道龍王在哪裡？想不想知道他的九個孩子都有什麼祕密？想不想知道不廷胡余（注）為什麼會被龍宮城的人關起來……」

饒舌的意思是嘮叨、多嘴。因此，想讓饒舌之風閉嘴不說話，比登天還難。知宵一個勁兒告訴耳朵裡的風：「我知道這些事情非常有趣，但我現在沒有時間聽，你能不能先從我的耳朵裡出來？」他說得口乾舌燥，終於說動饒舌之風暫時閉嘴，離開了自己的耳朵。

不過這時，天空中傳來了隱隱的雷聲，知宵這才明白，饒舌之風離開的原因可能和他想的不一樣。

現在是下午五點多，陽光本來還很強烈，一眨眼間，明亮的天空就被烏雲籠罩。那團巨大的烏雲停在鹿吳山上空。風從四面八方湧來，掀起海浪，吹起樹葉。這樣大的排場，以及這麼明顯的瀰漫在空氣中的憤怒，還有被憤怒所掩蓋的慌張——這一切都有龍獸的特徵。知宵大概猜到是誰來了。他和真真互相看了看，然後朝石塔的方向跑去。

※注：「不廷胡余」是南海諸神之一，臉似人面，兩耳纏繞著兩條青蛇，腳踩著兩條赤蛇。

第十章

鯨魚出沒海上

「你來幹什麼？時間還沒到吧？」

相和像一團爛泥一樣癱在椅子上，雖然想要狠狠瞪著面前的蒲牢，可是她的雙眼迷離，脖子都快直不起來了，讓人感覺說著話的工夫就會睡過去。畢竟，使用驅山鐸是一件需要耗費很多力氣的事。

蒲牢還是像往常一樣平靜、穩重，看不出疲憊，看不出情緒，也看不出弱點。不過知宵認為，蒲牢只是在拚命抑制自己的怒火，某個瞬間，他彷彿聽到了從蒲牢骨頭裡傳出來的轟鳴聲。此刻，蒲牢的身體裡一定也是烏雲密布、電閃雷鳴吧？

「相和，你是不是該收斂一點了？你做這一切，到底是為了什麼？在高石沼的麒麟雕像上亂塗亂畫算什麼？砸毀白水鄉的長橋又算什麼？大家與你無冤無仇呀！」蒲牢憤憤的說。

「這都怪您讓我心情不好。我心情不好的時候，什麼事情都做得出來！」

「那你說，我到底應該怎麼做，你才會停止胡鬧呢？」蒲牢輕輕歎了一口氣。

「別再操心我的事啊！」相和說，「麒麟找過您抱怨我了嗎？沒有吧？那些塗鴉過一個星期就會自動消失，根本不會有什麼影響。白水鄉的長橋年久失修，早就廢棄不用了，我把橋砸掉還是幫了他們一個大忙呢！但是您呢？您卻主動跑去賠禮、道歉，把事情說得越來越嚴重，說得好像我是十惡不赦的大壞蛋一樣。我沒說錯吧？我是我，您是您，讓他們都衝著我來，求您別像以前那樣替我道歉了，我不需要！」

「相和，你實在不可理喻！既然這樣，那我只好強行把鹿吳山搬回去。」

「哈哈！」相和冷笑一聲，甩了甩頭上的羽毛，「您確實會這麼幹，您最喜歡做的事情不就是干涉我的生活嗎？那我也對您直說吧，這次我趕著鹿吳山飛走，就沒想過再回去。我老早就想搬家了。蒲牢大人，這幾天難得清靜，我仔細想過很多事，最多的是我們之間的爭吵。為什麼我們就不能和平相處呢？我也問過自己這樣的問題，答案是——我們倆的個性相差太多了。因此，為了雙方好，我們最好還是不要繼續住在一起了。我可能也對章含煙說過類似的話吧，所以她才會送來驅山鐸。蒲牢大人，請允許我離您遠遠的，也請您以後不要再干涉我的事情了。我犯下的過錯、惹下的麻煩，都由我獨自承擔！」

「也不是沒有道理。」真真說，「既然合不來，不如保持距離。您準備搬去哪兒呢？」

「我還沒想好，或許環遊世界一圈，多多考察、比較，才能作出決定。」

真真還想說什麼，知宵趕緊拉住了她。因為他注意到了，蒲牢的表情依然平靜，可是知宵覺得，她的眼睛裡似乎燃起了憤怒的火焰。知宵覺得自己還是不插嘴比較好。

「不行。相和，你這次鬧得太過分了，你不能總是這麼任性。」蒲牢的聲音依然很平靜，也很冷漠。

「過分的是您！老是以我的母親自居，整天說什麼『都是為你好』，我做什麼事都要過問。當年我失去了母親，不知道接下來該怎麼活下去，我很感激您接納了我，很感激您這些年對我的照顧和培養。可是蒲牢大人，我早已不是那個無助的小傷魂鳥了！您到底什麼時候才能認識到這一點？我再也不想讓您安排我的生活了。」

相和漲紅了臉，她的雙眼也亮晶晶的，說不定眼淚隨時會掉下來。她端起眼前的杯子，發現空了，又把它甩了，再隨手抓過剛才真真沒喝完的橘子汁，直接灌進了喉嚨裡。

「您總是不願意讓我遵從自己的心意活著。」相和低聲說。

「這些年來，你一直遵從著你的心嗎？」蒲牢幽幽的問。

「您還對我不再唱歌一事耿耿於懷，是不是？哈哈，說我忘了傷魂鳥的本分！」相和苦笑道，「我告訴過您一千次、一萬次了，歌由心生，我心裡已經沒有想唱的歌了，我討厭唱歌！您又不是我，怎麼知道我有沒有遵從自己的心意？」

「你真的感覺快樂嗎？」蒲牢又問。

「當然快樂，如果您不整天來煩我，我就更高興了。」

「只要高興就滿足了？」

「我很滿足。」

蒲牢輕輕歎了一口氣，伸手拿起一個橘子把玩，知宵看得出來，她有些心神不寧。很快她就放下了橘子，輕輕說道：「你要和我劃清界限，也好。那麼我告訴你，鹿吳山本來是我管轄的地盤，當時我只是把它借給你的祖輩暫住，現在你既然要和我劃清界限，就得把鹿吳山還給我。」

「把鹿吳山還給我。」知宵在心裡念道。剛才他也對相和說過類似的話，相和還指責知宵像蒲牢一樣。知宵有一種不好的預感。

「真不講道理，您明明已經把鹿吳山送給我了！」相和嚷嚷道，她頭上的羽毛劇烈晃動起來。

「那我現在要把它收回來。」

「您太過分了！」

相和死死瞪著蒲牢，蒲牢也不甘示弱，一直盯著相和。氣氛越來越緊張，眼看著一場妖怪間的打鬥就要展開，知宵忍不住說道：「蒲牢大人，送出去的東西又收回來，確實不太好。」

「反正您家周圍有好多山，少一座也沒什麼大不了的。」真真說道。

「可是我不能繼續退讓了。我退讓得太多了。」蒲牢站起身來，輕輕歎了一口氣。

相和說：「我不會向您屈服。您要把鹿吳山搬走，就得先經過我這個山神同意！」

相和騰地一下站起身來，跳到椅子上，這樣她便能居高臨下望著蒲牢。蒲牢也拿她那雙細長的眼睛瞪著相和。除此之外，她們倆的身體裡都散發出危險的氣息，想要壓倒對方。這也波及知宵和真真、東邊，他們不約而同的往後退，一直退到牆角，都不敢太用力呼吸。東邊最膽小，他以最快的速度跑到屏風後面躲了起來。

這場目光的交戰並沒有持續多久，最後蒲牢先採取了行動。她只是輕輕一揮手，屋子裡的空氣便震動起來，窗簾也全都跳起舞來。接著，地面跟著左搖右晃，原來是鹿吳山飛起來了。相和氣得鼻子、眉毛都皺成了一團，她跳下椅子，又不停的跺腳。她每動一下，鹿吳山就會抖一抖，然後靠近海面。蒲牢當然不會善罷甘休，她繼續揮手，山又得往天空中飛。相和再跺腳，它又會落下來。知宵和他的朋友也跟著被搖來晃去，結果還一頭撞在牆上，額頭馬上腫了起來。然而，他沒時間感覺到疼痛，趕緊跟著真真跑到離相和、蒲牢最遠的角落裡。

之前相和胡鬧了一場，塔裡的東西變得亂七八糟，此刻還沒來得及整理。現在騷亂再次出現，這些東西又一次被迫移動到別的地方去。過了一會兒，知宵聽到了骨碌碌的聲音，抬頭便看到一個土色的泥偶從眼前滾過，撞向另一側的牆壁。當它滾過知宵的腳邊時，知宵想也沒想，伸腳截住了它，然後把它撿起來。

這個泥偶盤腿坐著，大概二十公分高，本來表面應該上過色，但時間久了顏料大部分已經褪去，不過還是能夠看出來，這泥偶以前穿的衣服是黑底的，上面布滿了各色花朵。知宵能夠想像得出那件衣服是什麼模樣的——一定是一件花衣裳。

「這是東邊的本體吧？」知宵說。如果泥偶再手握兩個橘子，就更像了。

真真一臉嚴肅的點點頭，小心接過泥偶瞧了起來，發現它的背後有一道裂縫。

知宵忍不住歎了一口氣：「一定是剛才不小心撞到了，剛才我應該更小心一點的。」

「東邊不是妖怪嗎？應該還能再次活動起來吧？」知宵有些擔憂的說。

「我不知道。」真真低下頭說。

知宵出神的望著東邊，說了聲「不好意思」，然後伸出手指碰了碰東邊的身體。它冰冰涼涼的，沒有心跳。知宵的嗅覺很遲鈍，也聞不出它身上的妖怪氣息。他再看看泥偶的眼睛，也是泥土做的，沒有生氣。這真的是東邊嗎？它真的還能再次變成會說、會動的妖怪嗎？

相和雖然也有五百多年妖齡，但敵不過活得更久、更厲害的蒲牢，鹿吳山離海面越來越遠。這時，知宵聽到一聲怪響，原來是石塔的地板出現了裂縫。相和氣得大叫起來，聲音直達雲霄，久久也沒消散，折磨著大家的耳朵。

「我可不想毀了自己的家！有本事的話，跟我到外面去，到海上去！」相和說。

蒲牢冷笑一聲，說道：「即使是在海上，我要打敗你也輕而易舉。」

相和什麼也沒說，白了她一眼便躍出窗外，蒲牢也跟了出去。鹿吳山落回海上，又是一陣猛烈的晃動。過了一會兒，知宵和真真才從角落裡走出來。地板裂開一條一個拳頭寬的縫，好幾個橘子被卡在裂縫裡。整座石塔朝著正門的方向傾斜。

知宵和真真離開石塔，打量著四周的情況，並沒有看到相和或是蒲牢，烏雲依舊籠罩在鹿吳山上空。如果在石塔的頂層，一定能看得更遠，但說不定這座傾斜的石塔隨時會坍塌，知宵和真真不敢冒險上樓去，甚至不敢站在石塔下面。

響聲在不遠處響起，知宵和真真循著聲音，一直來到山下的海邊，看到天空中有兩個身影。相和已經變成了傷魂鳥的模樣，就像知宵看過的捕魚的翠鳥一樣靠近水面，不過，她沒有挨著水面飛起來，而是一頭紮進了水裡。蒲牢還保持著人類的外形，看起來遊刃有餘，她從天空中輕輕落在水面上，就像站在平地上一樣。蒲牢低頭走來走去，想把藏在水底的相和找出來。海面很平靜，彷彿不忍心打亂蒲牢的腳步一樣。

蒲牢朝著遠離鹿吳山的方向而去，這時，知宵看到海面上露出了一團灰色的東西，它正緩緩靠近蒲牢。

「海上有什麼東西來了，會不會是鯊魚？」真真有些不安，小聲問知宵。「不過，要躲過蒲牢的搜尋可不是一件容易的事。蒲牢猛地轉過身來，「嘩啦」一聲，水裡的大魚跳了出來，撲向蒲牢。水花飛濺中，知宵看清楚了那條魚的樣子，它的身體細長，很像書上的藍鯨，只是沒有那麼龐大。

「啊啊啊！是鯨魚！這一定是相和召喚來的鯨魚！」真真尖叫了起來。

「不過，蒲牢可是法力無邊的神獸，就算鯨魚比她大得多，她也能輕鬆把它打回海裡去吧？」知宵感到很奇怪，為什麼真真看到鯨魚反應會這麼大。

可是，現實情況與知宵想的背道而馳，蒲牢像是受到了巨大的驚嚇，慌張的轉頭就跑，奔向鹿吳山所在的方向，她甚至還大叫起來，發出了一陣陣尖銳的龍嘯，這聲音尖利無比，直刺耳膜，甚至在海面上掀起了巨浪。

「哎呀，我想起來了！我在書上看到過，蒲牢特別怕鯨魚！」知宵說。

「你說的是人類的書籍吧？別太相信上面的話。」真真信心滿滿的說，「有一段時間，妖界都傳說蒲牢大人害怕鯨魚，把她氣壞了。這不是真的，據說，蒲牢還養著一頭鯨魚當寵物呢！」

「可是你聽她的聲音，蒲牢確實很害怕啊！」

知宵的話音剛落，那頭鯨魚便追上了蒲牢，撲到她身上。蒲牢沒有還手，她的聲音聽起來像快要哭出來了。真真也開始懷疑自己剛剛所說的話。

恐懼的時候，無論是人還是妖怪，都會不由自主的卸下許多偽裝。蒲牢的形狀慢慢改變，她的皮膚變成了藍色，接著她向前一撲，便化成了一隻看起來很兇猛的野獸，長著龍的腦袋和一條長長的尾巴。她的速度很快，攪得身邊的風也不安靜。照這樣下去，她一定會撞翻知宵和真真，於是他們倆飛快的跑到一棵大樹後面躲了起來。

那頭鯨魚對蒲牢緊追不捨，而且似乎擺脫了地心引力的束縛，飛到了半空中，這一定是相和在操縱牠。「可是，相和在哪兒？」知宵四下張望也找不到她。

就在蒲牢的前肢碰到鹿吳山上的泥土時，鯨魚撲倒了她。接著，鯨魚的形體慢慢變化，最後變成了人類的模樣，頭上則插著一片絢爛、醒目的羽毛。那分明是相和。知宵很肯定，蒲牢絕對是非常害怕鯨魚的，所以連這是相和假扮的鯨魚都沒看出來。

相和扯下頭上的羽毛，將還處於驚慌狀態中的蒲牢像蠶繭一樣裹了起來。接著，她又從巨大的袖子裡掏出幾張符紙扔向蒲牢，它們讓蒲牢再也無法掙扎了。

「我抓到您了。」相和氣喘吁吁的說，水珠從她的頭髮上、衣服上滴落，打濕了她腳邊的泥地，「真不敢相信，我竟然真的抓到您了。」

「有什麼不敢相信的？也就是因為今天在海上，才讓你占了便宜！」蒲牢說。她的聲音還在發抖，不過，她盡量控制著自己的聲音，讓自己顯得威嚴。

一切塵埃落定，知宵和真真這才走出來，靠近相和。

「不是我卑鄙，也不是因為在海上，是您太膽小了，蒲牢大人。您害怕的事物那麼多，有心想要對付您的妖怪，可以想到不少方法呢。我知道您會來，所以在海上等您。不過，就算不在海上我也有辦法抓住您。」相和的語氣得意極了，她蹲下身來望著蒲牢的眼睛說，「現在，我能請您不要再干涉我的事，讓我把鹿吳山搬去我想要去的地方嗎？失敗者是沒有權力說不的，您應該還是懂規矩的吧？」

「你覺得這些小把戲能夠困住我？」蒲牢道。

「確實都是小把戲，但我的袖子裡還藏著很多這樣的小把戲呢。我確實沒什麼本事，那只好充分借用外力的幫助囉！今天我還被人用同樣的方法算計過呢。」相和瞥了知宵一眼，「當然，您一定能夠輕易掙脫所有的法術，但您不是螭吻大人，您會在意這樣的事，因此我打敗了您，我困住您了。還有，我覺得，我的這些小把戲能夠讓您明白，您並不能控制所有事情。正視您自己的弱點，就不會繼續一意孤行，也會聽聽我們這些小妖小怪的心聲。一個懂得包容他人的人，才能變得更加強大。您能明白我的心嗎？」

蒲牢沒有說話，她似乎在思考著什麼，然後微微張開了嘴巴……

「哎呀！不好，你們倆快把耳朵摀住！」相和猛地衝著知宵和真真叫道。

知宵趕緊照做，與此同時，蒲牢大叫了起來。她的叫聲並不尖細，也不是特別響亮，可是這聲音似乎滲透進了骨頭裡，雙手哪能擋得住？

三秒鐘之後，蒲牢閉上了嘴巴。

這時，鑽進骨頭裡的聲音還在知宵的身體裡迴盪個不停。他張大嘴巴想讓聲音飄出去，但無濟於事。知宵感覺自己像一臺快解體的機器，說不定隨時會從嘴巴裡飛出一塊骨頭。這種感覺沒持續多久，知宵眼前一黑就暈了過去。

也不知過了多久，他清醒過來，發現自己的身體結冰了，根本無法活動四肢。真真癱坐在知宵身邊，臉色蒼白，滿頭大汗。知宵想叫她的名字，但發不出聲音，真真的嘴巴一張一合，也是什麼都說不出來。

知宵感覺自己的生命正從指尖一點點流逝。他害怕極了，握緊拳頭，使出渾身的力氣，總算是坐了起來。他四下張望，只見遠處的海面上波濤洶湧，好多魚兒時不時躍出海面，應該也是被蒲牢的叫聲嚇壞了。更遠的地方，還有一團翻滾著的烏雲，雲中不時會有一隻爪子或是一條尾巴從裡面露出來，那可能是趁機溜走的蒲牢。

「這到底是怎麼回事啊？」知宵使出全身力氣，終於叫了出來，不過，他的聲音如同蚊子的嗡鳴。

「我、我也想知道。」真真說，「我們今天不是來當中間人，讓蒲牢與相和和好的嗎？為什麼會變成這個樣子？」

「啊，你們倆還活著，真是太好了！」

茶來的聲音從後面傳來，知宵小心翼翼的轉過頭去，發現茶來的毛似乎有些褪色了。這是怎麼回事呢？知宵的思維也變得遲鈍了，花了幾秒鐘時間才反應過來，茶來身上花花綠綠的顏色應該都是用法術畫在毛上的，而剛剛茶來被相和扔進海裡，顏色難免也會褪去了。

「茶來，你還活著，實在太好了。」見茶來沒事，知宵和真真都很高興。

茶來繞著知宵和真真轉了好幾圈，像是在檢查他們倆的身體狀況，又像是急得不知道該做什麼才好。此外他的嘴裡不停念叨：「這一切都怪螭吻，他自己的姊姊出了事，偏偏讓我們來幫忙。真是的，也不想想你們倆還是人類小孩子呢。你們可不要因為他是師父，就不好意思開口，咱們一定要盡可能爭取到多些精神損失費、醫療費、營養費、養老費……對了，相和呢？她去哪兒了？」

「茶來，你能不能不說話？」真真說，「現在我的耳朵裡還嗡嗡響呢，只想安安靜靜待一會兒。」

茶來乖乖閉嘴，來到真真面前，伸出一隻胖爪子摁在她的額頭上。不一會兒，知宵就發現真真的表情放鬆了許多。茶來又來到知宵面前，像剛才那樣做，知宵也覺得身體裡不那麼吵了。知宵躺了下來，閉上眼睛，可是叫聲依然縈繞在他的骨頭裡，導致骨頭嘩啦啦的響個不停，比鑼鼓聲還要吵鬧，大海本來就在身邊，可是海浪的聲音像隔著幾千里遠。知宵只得睜開眼睛，怔怔望著頭頂的樹枝。過了一會兒，他聽到「砰」的一聲，像是有什麼東西落水了。

「相和！」茶來叫道。

知宵打了個哆嗦，睜開眼睛重新坐起來，果然看到不遠處的海面上漂浮著一隻寶藍色的鳥兒。不過，她很快揮動翅膀離開海面，飛回鹿吳山上，重新變成了小女孩的模樣。她耷拉著腦袋看了看知宵和真真，坐在他們身邊。

「她竟然逃跑了。」相和非常不高興的說，「原以為這次我已大獲全勝，卻沒想到蒲牢竟然厚著臉皮逃跑了！不過，我打敗了她是事實，現在她不好意思再繼續干涉我了吧！」

「你怎麼想，蒲牢怎麼想，我統統都不關心！反正，今後打死我都不會到鹿吳山上來啦！」茶來叫道，「你不但把我扔到水裡，還欺負螭吻的兩個弟子！你快瞧瞧知宵和真真，如果他們倆落下什麼病根，或者是變成了呆子，我不會放過你的！」

相和總算是注意到兩個孩子的慘狀了，她一臉抱歉，隨即又笑了起來，說道：「得了吧茶來，我早就知道你根本不怕水，不然怎麼敢把你扔到水裡？至於他們嘛，沒事的，他們倆不是普通的孩子，是螭吻的弟子呢。」

為什麼相和總是在笑？知宵的腦子裡突然冒出了這個奇怪的問題。

雖然大家都說，笑容能夠拉近彼此之間的距離，可是如果你的臉上一直帶著笑，和你一直面無表情，又有什麼區別呢？這並不能證明你時時刻刻都很開心。沒人知道你在想什麼，你用笑容把自己藏了起來。知宵覺得此刻相和臉上的笑容特別令人火大，他只希望相和能暫時把笑容收起來。

「你不是傷魂鳥嗎？快給他們倆唱首歌，他們倆一定能舒服一些的。」茶來說。

相和搖搖頭，只是採用了與茶來類似的方法，用妖力緩解知宵與真真的痛苦。傷魂鳥之歌到底是怎樣的呢？大家都說傷魂鳥的歌聲動聽極了，擁有神奇的力量。但相和說她討厭唱歌。這個理由確實令人無法反駁，可是知宵心裡疑問重重，覺得相和並沒有說實話。一百年前，她到底為什麼生病，生了什麼病，為什麼病好之後就討厭唱歌了呢？

在相和的幫助下，知宵的心跳慢慢平穩了，他的身體也逐漸解凍，能夠重新活動手腳了。茶來看看知宵，又瞅瞅真真，覺得他們倆應該沒有變傻，也就沒那麼生氣了。他說道：「相和啊，你還真是一次比一次鬧得大。」

「我能有什麼辦法呢？我只是想找到一條出路。」

「什麼出路？」

「該怎麼說呢？」相和輕輕歎了一口氣，「這幾十年來，我一直想要過得開心一點、自在一點。我嘗試過很多辦法，做出了很多改變，想知道到底朝哪個方向前進，才是我最樂意的。當然，我所有的嘗試，在蒲牢看來，都只是胡鬧。我很開心，大部分時候是這樣。但是，唉，為什麼我總覺得心裡像是缺少了一塊呢？我不明白。我活了好幾百年，整天都在思考，還是有很多事情想不明白。」

「大家不都是這樣嗎？咱們還算好的了，人類的生命比我們短很多，一輩子有更多的事情想不明白呢。還有，相和，如果你一直想那麼多，你是不可能真正體會到快樂的。」茶來說。

相和不再說話，垂下頭去。從知宵所在的地方，只能看到相和的背影，因此他不知道此刻相和的臉上帶著怎樣的表情。此外，知宵還注意到了相和頭上的羽毛，可能是蒲牢剛剛掙脫時弄壞了它，羽毛如今只剩下半截。出路？

知宵才沒空關心這些，他只想找到回家的路。

第十一章

夢裡的鐘聲

蒲牢的龍嘯聲傳得真遠，遠在一千多公里之外的妖怪客棧裡的房客們也聽到了。只不過傳到妖怪客棧的聲音力量大不如前，普通的人類可能覺得有些耳鳴或是頭暈，但症狀很快就消失了。況且，房客們畢竟是妖怪，幾乎沒受到影響。

那麼，那些住在海邊的人會怎麼想呢？說不定他們以為這是地球發出的哀鳴聲吧。

房客們都很關心知宵和真真的狀況，關切的問東問西。知宵很感激大家的好意，但他更想直接回家去，獨自待在自己那安安靜靜的房間裡。曲江一直繃著臉，他攔住了知宵和真真，要給他們喝他剛泡的茶，這茶能夠平復情緒。這樣回家之後，他們便能睡個好覺了。

「我不想喝茶，曲江。」知宵說。

「我也不想。」真真說。

「那聞聞茶香也好，效果是一樣的。」曲江不死心的說。

知宵和真真只好接過茶杯。知宵這才發現，除了耳朵受到影響，他的味覺似乎也快失靈了，什麼味道也沒嘗出來。不過曲江一臉期待，知宵覺得，他必須說自己感覺好多了，曲江才肯罷休。

在他開口之前，窗外的天空變暗了，風猛地從窗戶外灌進來，粗魯的拍打著玻璃窗，最後「啪」的一聲，撞開了緊閉著的大門。真是妖風滾滾！知宵的手一抖，茶水灑了出來，打濕了他的褲子。他甚至沒力氣拿紙巾擦乾茶水，只是看著水漬，無奈的歎了一口氣。

麻雀妖白若便是被這股風從門外推進來的，他特別跑出門買的冰淇淋全都掉落在地上。白若心痛極了，又不忘向大家描述剛才他在門外遇到的怪風。

「真的！真的！」白若瞪大眼睛，眼珠都快滾出來了，「我感覺那些風好像有意識一樣，從四面八方撲過來，把我團團包圍，威脅著要把我扯成碎片呢！我被迫在原地轉了十幾圈，腦子昏昏沉沉的，最後摔倒在一排自行車上。除了風，還有一團烏雲從東邊湧過來，天知道是誰在操縱著它們。實在太可怕了，要不是擔心被吹得飛起來，我真想跟著那團烏雲去跑一跑，看看它到底是何方神聖。」

「這就是大自然的力量啊！現在可是夏天，暴風雨說來就來。」曲江感歎道。

「曲江，身為妖怪，你怎麼像個普通人類一樣，說出如此輕鬆、單純的話來？」蜘蛛精八千萬一臉嚴肅的說，「難道你沒感覺到，咱們妖怪客棧的空氣越來越沉悶了。好像有什麼事情正在發生。」

說話間，那團奇怪的烏雲便來到了妖怪客棧上空，屋子變得更加昏暗，如同一瞬間就進入了黑夜。風也更加肆無忌憚，呼呼呼的張狂吼叫著，像在要脅大家。所有的窗戶都在風中一開一合，啪啪響個不停。忽然，「啪啦」一聲，不知哪兒的玻璃掉了下來。妖怪客棧已經很舊了，知宵擔心，過不了多久，這些可怕的風就會把這棟樓拆了。

這樣的一團烏雲，不由得讓知宵想到相和，他決定弄個清楚。在八千萬和白若的幫助下，知宵邁著沉重的雙腿來到客棧外，睜大眼睛望著天空中的景象，想看出些蛛絲馬跡。可是雲層太厚了，風裡又帶著沙子，不一會兒便迷住了知宵的眼睛，他什麼也沒看出來。

又過了一會兒，這團烏雲遠離客棧，到其他地方去炫耀自己的力量了，知宵只好進屋去。他一開始很難受，在茶來的爪子、相和的妖力和曲江茶香的安撫下，本來好過一些了，可是經過這陣狂風的騷擾，他的心又怦怦怦跳個不停，似乎要從胸膛裡滾出來。知宵癱坐在椅子上，想要歇一歇，讓心臟平靜下來。

這時候，有人從半敞開的大門外走了進來。那是螭吻。

上次見到螭吻是什麼時候的事情呢？三天前？五天前？還是一個星期前？知宵腦子一片混亂，實在記不起來。他只覺得自己好像很久沒見到這位師父了，心裡產生了一種久別重逢的欣喜感。

螭吻還是和往常一樣，隨意披散著一頭微捲的、亂蓬蓬的長髮，穿著異常寬鬆的白色長上衣和一條藏青色的條紋褲子，脖子上掛著一串形狀奇特又誇張的項鍊。他也不和房客打招呼，逕自來到知宵面前，湊近了臉打量知宵，然後又以相同的方式打量真真，這才長舒了一口氣，一屁股坐在沙發上，似乎是放心了。

「我聽茶來說過今天發生的所有事情了，蒲牢在海上大吼大叫了吧？可是你們幾乎沒受任何傷……奇怪？當時你們應該離蒲牢很近吧？」螭吻說。

「茶來和相和用妖力幫我們治療了一下，我們就覺得舒服多了。」真真說。

螭吻點點頭，說道：「哎呀！她要是對著你們唱幾句，效果會更好。相和的歌聲擁有治癒人心的力量呢。」接著，螭吻收起了罕見的嚴肅表情，歪著腦袋笑嘻嘻的說道，「茶來對我說，你們倆好像對蒲牢產生了錯誤的印象，我相信，現在你們已經把它糾正過來了。」

「現在印象可差了！」真真說，「我對您的評價也降低了，您竟然讓我們去做這樣危險的事。」

「沒錯，我對您的評價也跌入了冰點！」茶來不知從哪個角落裡鑽出來，跳到螭吻面前，伸出前爪嚷嚷道，「我已經堅持十年不洗澡，現在這個紀錄被無情的打破了！」

「這種堅持不要也罷。」螭吻瞥了茶來一眼，接著對知宵和真真說，「非常抱歉，讓你們遇到這樣的事。我這個姊姊本來性子溫和，只是偶而會失控，吼上幾嗓子發洩一下。但這種機會算是百年一遇吧。該說你們運氣好，還是運氣不好呢？」

「妖界傳言，蒲牢大人是個大嗓門兒，我還以為是大家胡說八道呢！她的聲音明明那麼溫柔，沒想到這竟是事實！」曲江也進來了，不禁感歎道，還捋了捋他那修剪得異常漂亮的鬍子。

「她啊，不知從什麼時候開始，決定要變得成熟、穩重，時時刻刻注意自己的言行舉止，最後就變成這樣了。有時候光是看著她，我都覺得累。像我這樣活著有什麼不好？」螭吻也順著曲江的話，挑剔起自己的姊姊來，「所以啊，我一直覺得相和與蒲牢爭來鬥去，說不定是一件好事。面對相和時，蒲牢總是會大發雷霆，她一生起氣來，就忘了她那套行為規範，多少能夠真實一點。只是我沒想到這次她們倆鬧得這麼厲害，本來想藉這個機會好好鍛鍊一下你們的。真對不起！」

螭吻轉頭看了看知宵和真真，他的眼神很真誠。

這時，又有人走進客棧大門，知宵轉過頭就看到了沈碧波、金銀先生，甚至還有他自己和真真。知宵嚇了一跳，愣了一陣子才回過神來。對面的他和真真，應該是咕嚕嚕和嘩啦啦變化而成。果然，咕嚕嚕和嘩啦啦倏忽變回原形，立刻抱怨起代替知宵和真真上了一天的課，不知道有多累。

螭吻誇張的朝沈碧波一行揮揮手，算是打招呼，然後又對知宵和真真說：「接下來你們就好好休息吧。很快就會沒事的，也不會留下任何後遺症。我得去把蒲牢找回來了。」

「我們一聽見蒲牢的動靜，馬上趕來妖怪客棧問個究竟。剛才天上飛過的烏雲就是蒲牢大人嗎？」金銀先生問道。

螭吻點點頭，站起身來，朝大家揮手道別，然後走出門去。

「知宵、真真，你們今天蹺課了，可別以為我什麼都不知道！今天在鹿吳山上到底發生了什麼事？」沈碧波問。

知宵和真真你一言、我一語，把下午經歷過的事情說了一遍。

說完之後，沈碧波不高興的挑起了眉毛，說：「你們倆為什麼不叫上我一起去？」

「我們是螞吻的弟子，還是仲介公司的員工，你又不是。」真真狡黠的笑了笑，「再說了，如果你想去，可以直接告訴我們，為什麼一定要我和知宵主動叫你？」

「沒錯！有時候我和真真想叫你一起玩，但你總是一副不高興的樣子，我們還以為你不願意呢，所以就不想主動找你了。」知宵接著說。

看到沈碧波越來越不高興，知宵心裡得意極了，這算是報了沈碧波讓他和真真在鹿吳山上喝奇怪飲料的仇。

「知宵、真真，你們說東邊變成了泥偶狀態，他後來又怎樣了？」金銀先生問道。

「那時候我和知宵一起跑出石塔找蒲牢和相和，我就把東邊放在一個箱子裡了。他應該是安全的吧？啊！後來我忘了去看看他！」真真使勁拍了拍自己的額頭，懊惱的說。

「我還在盒子裡放了好多橘子，不知道東邊能不能從橘子裡得到能量。我也把他給忘了！」知宵也異常自責的說，目光轉向金銀先生，「東邊到底怎麼了？難道他死了嗎？」

老實講，知宵不太明白，對一隻泥偶化成的妖怪來說，怎樣的情況算是死亡。

金銀先生搖搖頭，說道：「不會，東邊本來就無法長期保持活動的狀態，等他休息一陣子，就能醒過來了。」

「可是他的背上有一道裂縫，大概有這麼長。」知宵伸出雙手比劃了一下。

「這樣嗎？」金銀先生的表情有些驚訝，「我也是第一次聽說。哎呀！怪不得，怪不得！波波，等會兒你能坐柯立的車回家去嗎？我得上鹿吳山看看東邊。」

海上也有仙路的入口，知宵、真真和茶來便是從那兒回來的。向茶來詢問了一下路線之後，金銀先生便大步離開了客棧。看得出來他很著急，畢竟東邊是他的朋友。知宵眼前浮現出了泥偶樣子的東邊和它身上的裂痕，又聯想到金銀先生剛才的表情，也隱隱覺得不安起來。如果東邊醒不過來怎麼辦？知宵雖然沒和他說過幾句話，算不上朋友，但是，一想到今後再也聽不到他開口說「在下」，知宵的心情便有些沉重。

「等一下！」

沈碧波突然大聲說道，嚇得知宵差點從沙發上跳了起來。瞧！雖然他的身體沒有什麼不舒服，可是現在耳朵還不能接受突然的響聲。真真也一樣，她伸出雙手摀著耳朵，臉皺成一團。

此時沈碧波追到了客棧大門外，很快他又回來了，兩隻手還分別拽著咕嚕嚕和嘩啦啦。這兩隻山妖想趁著客棧裡忙成一團，大家沒空注意到他們時，從客棧裡溜走。

「知宵，你的兩個手下今天在學校裡大鬧了一場！」沈碧波對知宵說。

「他們怎麼了?」知宵問道。

「咕嚕嚕變成了你的樣子,和我在同一個教室裡,我看得一清二楚。他故意在上課的時候吃東西,到處找人說話,還沒下課呢,又突然跑出教室。那時候我們正在上英語課,老師差點兒氣哭了。」沈碧波說。

「真奇怪?我自認為沒有做出任何傷害她的事,不知道那位老師生什麼氣?你的班導師還把我叫去辦公室裡訓了一頓呢!」咕嚕嚕一臉無辜的說。

「難道你不知道上課最基本的紀律嗎?」知宵問著咕嚕嚕,頓時覺得天旋地轉。

「當然知道。只是我可沒辦法忍受一直坐著,一動也不動的堅持四十分鐘呀!椅子太硬了,坐得不舒服,我的屁股一直在向我抗議。我希望趕快下課,就好意提醒了老師一下而已;老師不讓我離開,但雙腿長在我的身上,我只好自己走出去囉!」咕嚕嚕說,「以後我再也不去幫你上課了,太可怕了。」

「就是!就是!我也不去了!」嘩啦啦說。

「嘩啦啦,別跑,你是不是也搗亂了?」真真問道。

「沒有,沒有。我只是一直在睡覺而已,非常安靜,不像咕嚕嚕那麼多毛病。」嘩啦啦說。

聽到這兒,知宵說:「好吧,你們的表現比我想像的要好得多。」

「那是因為他們沒告訴你，咕嚕嚕覺得班導師一直衝著他說個不停太煩，就叫來隔壁班的嘩啦啦，三兩下就把老師的嘴用施了法術的奇怪奶油堵上啦！幸好我覺得有些不對勁，才把班導師救了下來，還趕緊叫來金銀先生使了點小法術，讓老師和同學的記憶出現混亂。她應該不記得被捉弄的事情了。」沈碧波說，「當時老師嚇得臉都白了！」

「我也是無可奈何啊！」咕嚕嚕委屈的說，「那時候已經放學了，其他孩子都揹著書包回家去，你的老師硬是不讓我離開。當時我的變身術又快失效了，那是我唯一能夠想到的辦法。」

知宵轉頭瞪著咕嚕嚕，他真想發火，只是沒有力氣，這件事可以改天再說，現在他只想回家去。

柯立開車送知宵和真真回家。知宵終於能夠舒舒服服的躺在床上，這一天也宣告結束了。可是，知宵的心跳比平常要快得多，蒲牢的吼叫聲似乎依然纏繞著他的骨頭。因此，雖然非常睏，他卻怎麼也睡不著，只好在床上翻來覆去，同時祈求著睡意降臨。

這樣的夜晚可真難熬。

也不知道過了多久，悠長的鐘聲鑽進耳朵裡，蓋過了吼叫聲，知宵的心慢慢平靜下來，很快就睡著了。他奔跑在夢中的長路上，那條路的兩邊有木欄杆，有點像白水鄉的無盡長橋。不過四周一片漆黑，只在很遠、很遠的地方有一團亮光。夢裡的知宵想著，一定要走完這條路，似乎結束之後便會實現一個心願似的。他不停奔跑，不覺得累，也沒有出汗。也不知過了多久，四周變得明亮、開闊起來，知宵發現自己踩在一大團白雲上。他試著移動腳步，想要看看自己離地面有多遠，腳下的雲卻突然消失了，知宵筆直落向地面的綠色森林。他心想：糟糕，我完蛋了！但是在夢裡摔一跤，應該不會疼吧？

當身體接觸到第一片樹葉時，森林變成了海洋，知宵掉進海裡，被海水包圍。他並不覺得自己在水裡，也沒感覺到喘不過氣來。難道自己變成了魚兒？恍惚之間，知宵感覺自己看到了蒲牢的眼睛。這時，鐘聲再一次響起，很緩、很輕，海水慢慢退去了。

接下來還夢到了些什麼呢？第二天早晨醒來之後，知宵完全想不起來了。不過，睡眠真是恢復活力最好的辦法，知宵覺得神清氣爽，像獲得了新生一樣。他從床上跳起來，拉開窗簾，打開窗戶，看到馬路是濕的，昨天蒲牢過境也帶來了一些好處，總算是下雨了，天氣也沒那麼熱了。

知宵換好衣服去浴室裡漱洗，還不忘向媽媽說了聲早安。

「你快來瞧瞧。」媽媽指著擺放在桌子上的點心盒和水果籃，「這應該是誰送給你的吧？」

知宵跑過去，媽媽又給他一張卡片，他打開一看，上面寫著：昨天的事，非常抱歉。

信上並沒有署名，但這一定不是相和送來的。知宵想，應該是蒲牢。知宵能夠感受到蒲牢的誠意，但他還是有些生氣。

吃過早餐後，知宵接到了曲江的電話。這隻山羊妖問起知宵的身體狀況，又說：「昨天晚上你聽到鐘聲了嗎？」

「聽到了，你也聽到了嗎？」

「沒錯。茶來說，那應該來自風來山莊，它多少能夠平復心緒。蒲牢大人很不願意給別的生靈添麻煩。」

「蒲牢大人已經回去了嗎？」知宵又問。

「我不知道，應該是吧。不過，她應該覺得挺難為情的，竟然被不到五百年妖齡的相和打敗。聽說，相和昨天晚上一直在沉默大廈的酒館裡，像個說書人一樣，把她打敗蒲牢的事情大肆宣揚呢！可惜昨天我不在場。我還聽說，相和為此還譜了一首曲子演唱，聽得大家都忘了回家呢。唉！今天晚上我也要去沉默大廈裡守著，搞不好相和又去那兒唱歌了呢！」

曲江清了清嗓子，發出咩咩的山羊叫聲，看來他又準備唱歌了，知宵趕緊掛斷了電話。其實他還有好幾個問題想問曲江，比如說，螭吻有沒有回客棧來？

他準備怎麼做？鹿吳山到底要不要飛回去呢？唉！有時候曲江的歌聲真是會誤事。

不過，如今螭吻也現身了，他一定會處理蒲牢的事，應該沒什麼好擔心的。

知宵想了想，又打電話到沈碧波家裡，向金銀先生問起東邊的情況。

「情況不妙啊。昨天我到鹿吳山時，東邊還是不能動，也不能說話，只是保持著泥偶狀態。」金銀先生說。

「那東邊什麼時候能清醒過來呢？」

「我也不清楚。當時相和不在，我也不知道該向誰打聽。其實，我和東邊並不算是關係非常親密的朋友，很多關於他的事情我都不是特別清楚。今天下午，我準備再去看看他，到時候再把情況告訴你。知宵，謝謝你的關心。」

「我想和你一起去，可以嗎？」知宵說。

「好的。」

知宵掛掉了電話，還是憂心忡忡的。不過，當他穿上鞋子、揹上書包，走出家門去學校時，被迎面的風一吹，才突然想起昨天咕嚕嚕在課堂上做過的事。不知道為什麼，知宵從小就對學校就有一種深深的畏懼，特別害怕老師，上課時想要上廁所，也得猶豫好幾分鐘，才能鼓起勇氣舉手向老師報告。在課堂上搗亂，他想都沒想過。不知道昨天班上的同學怎麼看待他？會不會覺得他發瘋了？

知宵的心情有些沉重，腳步也跟著變得沉重起來，乘坐公車到達學校門口時，他在心裡給自己打氣，從一數到了一百，才敢走進學校。幸好，昨天金銀先生把班導師的腦子弄得一片混亂，她好像已經不記得發生什麼事情了，知宵這才鬆了一口氣。雖然，有幾個關係要好的同學，想知道他昨天到底怎麼了，但他都想辦法敷衍過去了。

放學之後，金銀先生變成了姑獲鳥的樣子，還把自己的身體變大好幾倍，馱著知宵、真真和沈碧波一起去鹿吳山。金銀先生的翅膀有力的劃過帶著海浪氣息的空氣，知宵低頭往下看著海面，總覺得這海洋深處藏著什麼神祕的東西，是人類永遠也弄不明白的。當然，龍宮城也在海洋底下，只是不知道如今大家所在的這片海到底位於何處？龍宮城又位於海底的什麼地方呢？

過了十幾分鐘，金銀先生依然沒能到達目的地，真真忍不住說道：「您是不是迷路了？我記得鹿吳山離仙路出口沒那麼遠耶！」

「不是我迷路了，昨天我也來過這兒啊！」金銀先生說，「是鹿吳山不見了。」

第十二章

沒了山的風來山莊

知宵不清楚到底發生了什麼事，便回到客棧裡向茶來打聽消息。沒想到經過主廳時，知宵看到了相和，她盤腿坐在辦公桌上，懷裡抱著一瓶橘子汁。

「相和，你又把鹿吳山搬到哪兒去了？」知宵問。

「我也想知道鹿吳山去哪兒了！」相和高聲說，「昨天打敗了蒲牢，我去沉默大廈狂歡了一整夜，今天早晨回去就發現鹿吳山不見了。用羽毛想想也知道，一定是蒲牢氣不過，趁我不在時偷偷把鹿吳山搬走了！於是我趕緊跑去風來山莊，可是，蒲牢那個膽小鬼躲了起來，不肯見我，只讓她的員工轉告我說：『我說過要把鹿吳山收回來的。如果你想要，就自己把它找出來。』我還沒來得及抗議，就被流火和蒲牢僱用的那群只有蠻力的呆子扔了出來。不知為什麼，東邊也在風來山莊裡。」

知宵順著相和的目光望過去，才看到站在窗戶旁邊陰影裡的東邊；因為他一直一動也不動，快和背景融為一體了。不過，此時東邊已經恢復了常態，不再是泥偶，知宵心裡也鬆了一口氣。

「到底發生了什麼事，在下也不甚了解，在下昨天夜裡甦醒過來時，便在風來山莊裡了。從流火那兒得知，鹿吳山已被蒲牢大人收回。在下無處可去，心想，相和一定會來風來山莊，便一直在山莊中等待。」東邊一板一眼的說。和昨天相比，他的聲音似乎更生硬，也更細小了，甚至還有些含糊不清。知宵不禁想起他背上的裂痕。

「蒲牢明明輸給了我，卻偷偷摸摸搶走鹿吳山。有本事她就躲在自己的風來山莊裡，永遠別見我！」相和打開飲料瓶蓋，一口氣喝下好幾口橘子汁。

「那您和東邊為什麼會在客棧裡？」真真問道。

「我的家不見了，不得找個落腳的地方？你們這兒不是客棧嗎？」相和說，「等我先休息一晚，再想辦法把鹿吳山找出來！李知宵，快帶我去你家客棧最好的客房！」

知宵覺得二樓最東邊的客房最好，那兒的窗戶開向一條安靜的小巷子，巷子裡種著高大的梧桐樹。不過，相和不滿意。房客的要求當然是最重要的，知宵便又帶領相和去看了好幾間他認為很舒適的房間，可是相和全都看不上眼。最後無奈之下，知宵只好把自己的房間推薦給相和，相和總算滿意了。

「您可不能亂動我的東西！」知宵想起相和之前的舉動，趕緊說，「這兒是我家的客棧，您要遵守房客的規矩。」

「知道了，知道了。」相和笑了起來，習慣性的想要抓住頭上那片剩下半截的羽毛，「我想休息了，再見。」說罷，一把將知宵推出了房間。

知宵回到客棧主廳裡時，沈碧波、柳真真正與東邊聊著天。沈碧波從真真那兒聽說，相和曾從高空把東邊扔下來，他氣憤不已，一個勁兒勸說東邊趕快從鹿吳山上搬走。

「我知道你喜歡吃橘子，我們羽佑鄉也有一大片橘子林，你要不要搬到那兒去？」沈碧波說。

「多謝沈少爺關心。在下很喜歡鹿吳山，也很喜歡相和，實在不願意離開。非常抱歉。」東邊不動聲色的說。

「相和對你這麼不好，你應該反抗她才對！」真真說，「你不要害怕，我們會幫你的。」

「恕在下冒昧，你們所見不過都是表象，與相和共同生活的畢竟是在下。相和對在下很友善，只是你們沒有察覺到而已。在下並非害怕相和。誠然，在下有許多恐懼的事物，但在下並非軟弱之輩，如果在下不願意繼續留在鹿吳山上，相和也留不住在下。請你們不要為在下擔心。」

東邊抬起頭來，看了看真真，又看了看沈碧波。知宵感覺東邊一貫的眼神裡似乎有一絲慍怒，他的兩個小夥伴應該也感受到了，便沒再說什麼。

過了一會兒，知宵才開口問道：「東邊，今晚你想住在哪個房間呢？」

「不勞煩小老闆為我準備房間，在下無法長久幻化成如今的模樣，到了夜裡，在下會變成泥偶的狀態，因此只需一個角落足矣。」

「那可不行！你跟我來。」

知宵又帶著東邊去了二樓最好的客房，讓他也安心休息，離開之前還對東邊說道：「你不要擔心，我不會收你的住宿費。」

「在下實在不值得小老闆如此關照。」東邊說。

「你是我的朋友啊，你住在我家不是理所當然的嗎？收住宿費才奇怪呢！」

「原來如此。」東邊僵硬的點點頭，「多謝小老闆。」

知宵猶豫再三，最後還是問道：「東邊，你的身體怎麼樣？那天，我看見你背後有道裂縫……」

「小老闆不用擔心，那道裂縫還不足以成為在下的煩惱。」真是這樣嗎？知宵不太相信。但他也看得出來，東邊似乎不太想繼續談論這個話題。於是，知宵離開了客房，準備回家去。這時，咕嚕嚕和嘩啦啦剛好從外面走進來。

知宵靈機一動，喊住了兩個山妖：「聽著，如果東邊要獨自出門，你們倆至少要有一個跟著他。」他擔心東邊走在路上突然變成了泥偶，萬一還被人當成普通物品撿回家去或是扔進垃圾桶，那就太可怕了。

「老大放心，保證完成任務！」咕嚕嚕說。

「保證不會出現上次在學校裡的意外！」嘩啦啦補充道。

「那就好。」

其實知宵不太信任這兩隻山妖，因為他們幾乎從來沒辦成什麼事。不過，茶來曾經對知宵說過，如果你不試著去相信自己的手下，他們也沒辦法信任你。

這一次，咕嚕嚕和嘩啦啦似乎決定認真辦事。第二天早晨六點半，他倆就把知宵從睡夢中叫醒了。

「早安，老大！」咕嚕嚕的聲音從電話裡傳出來，快要震破知宵的耳膜。他不禁皺起了眉頭，前天蒲牢龍嘯聲的餘威還沒能完全消散。

「早安，有事嗎？」知宵問。

「那隻怪……那位『在下』先生出門去了，我和嘩啦啦都跟了出去，因此向你報告一聲。順便叫你起床。今天不是上學的日子嗎？我們有時候也願意充當鬧鐘喔！」

「謝謝你們。」知宵說。沒想到兩隻山妖還有如此細心的時刻，知宵有些感動，「東邊有沒有說過他要去哪兒呢？」

「沒有。沉默寡言的東邊先生什麼都不肯說，還不願意讓我們跟著，想把我們甩掉。不過，他真的是笨手笨腳，所以逃不出我們的眼睛。」

「相和呢？你們知道她去哪裡了嗎？」知宵又問。

「這我們就不清楚了。」

到了夜裡九點多，知宵才再次接到咕嚕嚕的電話。

「東邊先生今天只是去了風來山莊，想見蒲牢大人，不過蒲牢大人沒見他。後來他就一直安安靜靜的坐在山莊外面，我們倆反正也無事可幹，就陪著他一起坐了一會兒，後來實在太無聊便離開了。等到了晚上再去山莊外面時，他竟然還坐在那兒，要不是我們問話他也回答了，我還以為他變成石像了。現在他回來了，他讓我們告訴你，他明天還要去風來山莊外面靜坐，讓我們不要再跟著他，他自己會注意的。還說謝謝你的好意。真是的，風來山莊外面確實比客棧涼快，但也不用為了乘涼，一整天都坐在那兒啊！不懂，不懂。」

「東邊應該不只是想乘涼吧？」知宵說，「你們倆至少有一個要跟過去，如果東邊不喜歡，就離他稍微遠一點。」

「老大，還有一件事，或許我也應該告訴你。今天晚上咱們客棧來了兩位房客，是高石沼來的使者，說是要找相和聊一聊。只要相和不回客棧，他們就不離開。」

「我知道了。」

第二天是星期六，不過知宵沒有睡懶覺，早早便起床了。他想去客棧見一見東邊，再和高石沼的使者談談。

東邊已經出門了，兩位使者坐在主廳的椅子上看推理小說，這些書一定是曲江借給他們倆打發時間用的。一位使者有著老虎一樣的腦袋和山羊一樣的雙蹄，穿著寬鬆的墨藍色長袍，知宵瞥了他的腰帶一眼，發現那是一條蛇，嚇得他趕緊後退兩步。另一位使者很瘦，卻有一個圓鼓鼓的肚子和結實的手臂肌肉，上面有奇怪的黑色紋身，最引人注目的是，他的胸口有一個巨大的窟窿，知宵的視線恰好能夠穿過窟窿，望到中庭裡的植物。

妖怪們都有一些不可思議之處，知宵也漸漸習慣了。他向兩位做了自我介紹，然後問道：「你們會怎麼處置相和呢？」

「還能怎麼處置？她造成的破壞當然得由她來賠償，就這麼簡單。」虎頭使者說，「相和以前也沒少在我們高石沼惹事，但蒲牢大人庇護著她，我們通常會去找蒲牢大人商量賠償的事。不過，這次蒲牢大人好像終於想通了，說是要讓相和自己承擔責任。」

「希望相和早點回來，你們這客棧外面全是人類，空氣污濁，我已經有些頭暈、噁心了。」胸口有一個大窟窿的妖怪說。

高石沼的空氣確實更加清新、宜人，這兩位使者長期生活在仙境裡，當然不習慣客棧的環境。於是，知宵說道：「不如這樣吧，如果相和回到妖怪客棧，我會努力勸說她去高石沼向麒麟大人們請罪。」

兩位使者互相看了看，虎頭使者說：「這樣也好。你雖然年紀尚小，畢竟是這家客棧的老闆，一定有你的辦法。那我們就先回去了。」

兩位使者結清房費後便離開了客棧。知宵決定去風來山莊外看看東邊。他擔心自己迷路，便讓白若帶路。

走出仙路之後，和前幾天一樣，知宵被重重大山包圍了。不過，現在曾經矗立著鹿吳山的地方是一個大坑，露出黃色的泥土和大大小小的石塊，很像正準備修建高樓的建築工地。倒映在湖水中的風來山莊，樓宇、亭臺依然錯落有致，可是沒了鹿吳山的陪襯，看起來孤零零的。

知宵走過鋪滿落葉的林間小路，來到了湖邊。湖上有一座曲曲折折的木橋，走過去便能到達對面的風來山莊。湖上的空氣濕潤又清新，每呼出一口氣，身體就會輕鬆一點。知宵覺得，說不定到達風來山莊的大門前，他能脫胎換骨，煥然一新。這兒真是怡人的療養院，任何生病的妖怪住在這兒都能很快康復吧！

「那麼，如果是東邊呢？他住進療養院之後，背上的裂縫會不會消失？」知宵想問，但最後還是沒問出來。

橋下的水裡傳來細微的響聲，引起了知宵的注意。可是他低頭觀察時，水面一片平靜，白若就停在知宵的肩膀上，他似乎什麼也沒聽到。知宵心想，這可能是自己的幻覺，被蒲牢的叫聲影響之後，他總是會幻聽到不存在的聲音。這種感覺越來越強烈，知宵有些擔心，於是停下來問道：「您好。請問您在水下嗎？」

湖面沒有反應。這兒是蒲牢的家，應該不會有兇惡的妖怪，知宵繼續前進。這時，他聽到水下傳來了咕嚕嚕的聲音，仔細聽還能發現那是說話的聲音：「糟透了，糟透了，世界糟透了……」

這個聲音聽起來沮喪極了，知宵也不由得有些難過，忍不住說道：「不要這麼悲觀呀！仔細想想的話，世界還是不錯的。」

「你的世界或許還好，但我的世界糟透了。」

「因為鹿吳山不在了？」知宵問。

「這又有什麼大不了的？」白若不解的說，「一座山就是由很多泥巴、很多石頭、很多樹和很多草構成的，你如果覺得這兒空蕩蕩的，可以讓蒲牢大人給你造一座新的山。」

「你可以輕易創造出一座山，但山上發生過的事情呢？我對那座山的記憶呢？這些是創造不出來的。」湖裡的妖怪說，「還有，還有，跟你喜歡的鄰居鬧翻了，你也高興不起來。」

「那你知道鹿吳山現在在哪裡嗎？」知宵壓低了聲音問。

「我也希望誰能告訴我。」湖裡的妖怪頓了頓，「對了，小朋友，我想，我見過你。」

「什麼時候？」知宵一臉茫然。

「不久以前，但對你們人類來說可能很久，那時你不如現在這般高。你掉進了湖裡，是我把你撈上來的。」

知宵聽東邊說起過這件事，便向湖裡的神祕妖怪道謝。

那個妖怪又說：「如果你見到相和，能不能代我向她轉達一句話？」

「請說。」

「我希望她趕快回來。蒲牢大人一定會原諒她的。」

湖裡再也沒有聲響，知宵再怎麼問話也得不到回應，他只好繼續朝風來山莊走去。知宵忍不住想，為什麼相和必須得到蒲牢的原諒呢？

第一次離風來山莊這麼近，知宵才發現，風來山莊並不像他想的那樣氣勢恢宏。這裡的圍牆很舊，雜草從牆壁縫隙裡冒出來，肆無忌憚的生長著，在風中輕輕搖晃。因為時間長了，大門上的黑色油漆也剝落了。此外，種在院子裡的樹太高、太密，枝條伸出圍牆來，使這兒顯得有些陰森。如果在無人的夜裡經過山莊外，說不定會把這兒當成荒宅。

不過，此刻風來山莊外面很熱鬧，八、九個妖怪守在門口，拉著橫幅抗議示威呢！橫幅上寫著「請蒲牢大人歸還鹿吳山」幾個大字，後面還有三個驚歎號。在大大的驚歎號下面，知宵看到了東邊。他的想法果然沒錯，東邊到風來山莊可不只是為了乘涼，他是在默默的向蒲牢抗議。有些妖怪很懷念相和治理的鹿吳山，知道了東邊的舉動，都跑來助他一臂之力。知宵並沒有看到咕嚕嚕和嘩啦啦，說不定他們偷懶跑開，到附近閒遊去了。

「在下力量有限，行動不便，不能飛越高山、大海，幫相和找回鹿吳山，思來想去，只好來示威抗議了。」東邊說。

「可是，如果蒲牢還在生氣，說什麼都沒用。」知宵擔憂的說，「相和只是你的老闆而已，你沒必要為她做這麼多。」

「對妖怪客棧的諸位而言，你也不過是老闆而已。但在下相信，若你深陷險境，你的房客們也不會對你置之不理。況且在下已經結識相和一百多年，也在鹿吳山上生活了幾十年。鹿吳山也是在下的家。」東邊不疾不徐的說，「再說了，在鹿吳山被發現之前那幾天，在下一直隨山旅行，去了很多以前不曾去過的地方，見過很多以前不曾見過的風景。在下一直很喜歡聽音樂。因此，即便在夜裡什麼也看不清楚，聽到驅山鐸發出的悅耳聲音，在下也能感受到一絲喜悅。」

「你說的也有道理。」知宵無奈的說，「那你自己小心一點，好嗎？如果你覺得身體不舒服，就告訴咕嚕嚕和嘩啦啦，讓他們倆送你回客棧。」

「在下明白，多謝小老闆關心。」

知宵離開了示威的眾妖怪，再次踏上木橋，拐過第一個彎之後，他轉頭看著風來山莊，心想，要不要去找蒲牢？

可是，找到蒲牢之後，接下來幹什麼呢？請求她把鹿吳山還給相和嗎？蒲牢真的會聽他的話嗎？知宵的耳朵裡似乎又響起了那天蒲牢的叫聲，恐懼也從心底湧起，他拋開這些疑問，快步朝著木橋的另一頭走去。

第十三章

用心理解彼此

相和只在妖怪客棧裡歇了一晚，之後便不知去向，直到星期天晚上才現身。

「相和喝得醉醺醺的，正在客棧裡瞎胡鬧呢。知宵，你要不要來看看她？」曲江在電話裡說。

知宵當然要去。以前不怎麼喜歡和妖怪扯上關係的媽媽，甚至主動提出要開車陪知宵一起去。在路上，知宵得知原來媽媽也認識相和。

「以前相和偶而會來我們家，可是她不會從正門進來，也不會在正常的時間來，有時候大清早來，有時候半夜來，從來不考慮別人的感受。不過，有好幾次，我感覺自己快撐不下去時，相和曾經出現在我身邊安慰我。所以，在咱們家所有的妖怪朋友和房客之中，我還算比較喜歡她。」媽媽說。

「可是我感覺，相和好像不太喜歡我。」知宵說。

「這樣嗎?不會的。」媽媽說，「相和一定是喜歡知宵的，相信媽媽。」

「好吧。」知宵說。他心想：媽媽真的非常厲害，即使自己只是做了一件平常小事，她也能從中發現值得誇獎的地方。知宵有時候覺得媽媽的話太誇張，不過知道有一個人永遠會肯定你、支持你、鼓勵你，每次還是忍不住都高興得想笑出來。

知宵的媽媽一直不願意和妖怪們同在一個屋簷下，所以她把車停在客棧外面，等著知宵。

知宵一走進妖怪客棧的主廳，便聽到音響裡傳來的震耳欲聾的音樂聲，然後被眼前所見的景象嚇了一跳——原來，相和正帶著房客們圍成一個圈跳舞。

大家的臉上滿是汗水，臉蛋紅撲撲的，喘著粗氣。山妖咕嚕嚕本來就是紅臉，此刻更加紅了，就連嘩啦啦綠色的臉上也泛起了紅暈。

看得出來，大家並不想陪相和跳舞，相和看到知宵，笑瞇瞇的伸出手，對他說：「知宵，快來，我正在辦舞會呢！」

自己是這兒的房東，當然得做點什麼。知宵停下腳步，來到了相和面前，嚴肅又大聲的說道：「相和，請您讓大家各自去休息吧！」

「休息？真奇怪！」相和吐出的氣息裡充滿了酒精的氣味，「咱們妖怪本來就更適合在夜裡活動。你們這兒的房客和人類在一起待得太久，染上了人類的壞習慣。」

「早睡早起才不是什麼壞習慣。您到底怎麼了？」知宵又提高了聲音，感覺喉嚨快要喊破了，「請您不要再鬧了，不然的話，我們就只好讓您離開這兒！」

相和停了下來，看了知宵一眼，然後一屁股坐在地上，低下了頭。房客們也都停下了舞步，一邊喘氣，一邊慢慢後退，紛紛離開了客棧主廳。

知宵想了想，在相和身邊坐下，這時，他發現相和的臉上有一塊瘀青，可能是前幾天和蒲牢打鬥時留下的。

「您還沒有找到鹿吳山嗎？」知宵問。

相和搖搖頭，說道：「天知道蒲牢把它藏在哪兒了！說不定蒲牢已經把鹿吳山捏成一團團泥塊，直接扔進了海裡。昨天我好像看到海上漂浮著一棵紫色的樹，那一定是鹿吳山上的樹！她雖然不喜歡大海，但海洋是她的領地，她的老家龍宮城可就在海底呢！真是的，蒲牢隨便把鹿吳山扔在哪兒，我也找不到啊！我本來就只擅長躲藏和逃跑，不擅長搜尋。」

相和的情緒有些激動，又歎了一口氣，說：「我只有在鹿吳山上才睡得安穩，完了，完了，今後我再也睡不著啦！」

「您別這麼悲觀，我相信蒲牢大人再怎麼衝動，也不會摧毀鹿吳山。」曲江說。

相和看了看曲江，重重歎了一口氣，說道：「我覺得她什麼事都做得出來。曲江、知宵，你們都去過鹿吳山，應該明白，我所擁有的一切全都在那座山上。只要蒲牢掌控了鹿吳山，她就掌控了我。」

說到這兒，相和就地躺下了，她身體縮成一團，顯得比任何時候都要脆弱、無助。慢慢的，相和頭上那半截羽毛不斷變長，像被子一樣——不對，像繭一樣——將她緊緊裹住。知宵的腦子裡浮現出一個成語——作繭自縛。那麼，束縛住相和的到底是什麼呢？是蒲牢？是鹿吳山？還是別的什麼東西呢？

「相和，高石沼的使者來過客棧了。」知宵說，「我覺得您應該去跟麒麟們道歉，再賠償損失。桃花源和白水鄉那邊您也應該去道歉。」

「我不去！」

「可是，畢竟是您闖的禍，您應該勇敢的負起責任來。說不定這樣做了之後，蒲牢大人沒那麼生氣，就把鹿吳山還給您了。」

相和轉頭看著知宵，說道：「很意外嘛！你還挺成熟的。」

「我覺得，您因為心情不好在高石沼大鬧一場是不對的。」知宵說，「驅山鐸是太奶奶讓我送給您的，我們妖怪客棧也會替您賠償一部分。這樣可以嗎？柯立。」知宵轉頭看著自家客棧的經理。

柯立點點頭，說道：「這點賠償咱們客棧應該還出得起。要是不行的話，咱們至少可以出力幫忙擦洗高石沼的麒麟雕像，維修白水鄉的長橋。」

「您覺得怎麼樣，相和？」知宵問道。

相和沒有回答，她收起羽毛，逕自回房間去了。

「相和可能暫時沒心情討論這個話題。」曲江說。

最好是這樣，知宵只好回到自己家裡，躺在那熟悉又舒適的床上，這時，他想到了被羽毛裹住的相和。無論是在誰的家裡，知宵都能一覺睡到大天亮，但是，他好像聽媽媽說起過，她不習慣睡在別人家的床上。相和一定也是這樣的。

知宵還想到了爸爸剛剛過世時的情景。那時，即使死死關著窗戶，知宵還是會害怕，那些他描述不出的、看不見的危險——他想像的危險，似乎會衝破牆壁攻擊他。相和此刻是不是也有同樣的感受呢？或許更嚴重。可以的話，知宵真希望能夠把相和的無助，轉移一部分到自己身上。

知宵覺得，如果他有一個姊姊，可能就像相和一樣。六歲之前發生的事情，他都記不起來了，但東邊說過，那時候相和曾經和他一起玩。在知宵的想像裡，他們可能會一起在山裡採蘑菇，遇到陡峭的山坡，相和會先爬上去，然後伸手拉他一把，她還會告訴自己怎樣辨別毒蘑菇，她會保護他。

「說不定我遇到過大蟒蛇或者是野豬，相和真的保護過我。我好像真的碰到過這樣的事！」

真希望能夠想起更多的事，真希望能夠更了解相和。

這樣想著，知宵很快就睡著了，不知過了多久，他沿著一條昏暗、曲折的小徑，走進了布滿陽光的夢裡。知宵感覺有什麼東西正輕輕撫摸自己的腳背，低下頭去便看到了青草。他再抬起頭來環顧四周，發現自己站在一片山丘上。陽光真好，讓知宵睜不開眼睛，他只是隱約看到了，一個穿著白色衣裙的女人站在離他不到兩公尺遠的地方。知宵聽到她在笑，他覺得那是太奶奶。知宵想要走近她，但是，無論他的速度有多快，太奶奶依然和他保持著同樣的距離，於是知宵放棄了。

「你變黑了，知宵。今年夏天真熱，每天都是豔陽高照，這對我太不友善，彷彿時時刻刻我都會融化。」太奶奶的聲音很輕，不禁讓知宵想到了片片飄落的雪花。此外，她並沒有張嘴，太奶奶似乎正用心靈感應的方式和知宵交流。「這對你也不友善吧？夏天真可怕，還是冬天最好。」

「是的。」知宵開口說道。他還想再說點什麼，可是腸枯思竭，再也找不到合適的話語，不禁有些著急。

「你不要緊張，我都明白。」太奶奶輕聲說，「語言讓我們得以交流自己的想法，但它總是展示一部分，也掩藏起了另一部分，因此語言也會讓人產生誤解。有的人或者有的妖怪整天嘴裡說個不停，嚷嚷著自己的要求與情感，但也許他們從來沒表明過自己的心意，說不定他們故意用語言偽裝了自己。知宵，這時候不要被耳朵聽到的內容所蒙蔽，用心去看，好嗎？」

知宵點點頭，說道：「您指的是相和嗎？」

太奶奶發出一串笑聲。

「那我該怎麼做呢？」

這時，天空中傳來一陣敲打玻璃的聲音，知宵猛地睜開了眼睛，從夢中的山丘回到了自己的床上。

「李知宵，快開窗！」相和的聲音從窗戶外面傳來。

知宵起床打開窗戶，便看到了鳥兒形態的相和。幸好這時候天色還早，沒人注意到他窗臺上這隻寶藍色的鳥兒。

「怎麼了？相和。」知宵問道。他忍不住打了個呵欠，抬頭一看，天還沒亮呢。

「我就是想告訴你一聲，昨天晚上你說的事，我認真想過了，我會去那些仙境一一道歉並賠償損失。我自知有些不顧後果，有些衝動，但我並不是不負責任的山神。你明白嗎？」

「我明白。」

「賠償的話，你和章含煙要負責一半，知道嗎？」

「知道了。」知宵想了想，「但一半是不是太多了？是您闖的禍呀！」

相和沒有回答，她離開窗臺，飛向了高空中。知宵再度躺回床上，可是他的睡意完全消失了，翻來覆去之際，又想到了夢裡的事。那些話真的是太奶奶說的嗎？或者是知宵希望太奶奶對他說的話？

「用心去看待相和，試著去理解她。」知宵喃喃念道。他下定了決心，對媽媽說道：「今天下午我晚點回來，可以嗎？」

知宵想見相和一面。最近曲江帶著知宵去過不少妖怪的家，那些妖怪曾經是長輩們的朋友，對知宵很熱情。可是知宵也明白，從長輩那兒繼承一棟樓很容易，要繼承他們的朋友就難了。曲江只能讓知宵認識他們，卻不能讓他們喜歡知宵，也無法讓知宵喜歡上他們，無法讓知宵交到朋友。可是相和不一樣，她讓知宵覺得親切又熟悉。他曾經認識相和，但他差不多都忘了，他想要重新認識相和。知宵想跟相和成為朋友。

下午放學後，知宵便逕自前往妖怪客棧。那時候相和還沒回來，知宵決定一邊寫作業，一邊等她。然而，新學期才剛剛開始，作業並不多，而等待的時間總是顯得那麼漫長。知宵又沒心情看書，百無聊賴的他便去了仲介公司的辦公室，打電話給遠在龍宮城的螭吻。

「哎呀！知宵，好久不見！」螭吻誇張的說，「你活得還好嗎？」

「我活得好好兒的。」知宵老老實實回答，覺得螭吻打招呼的方式太奇怪了，

「我想問問您，您準備怎麼解決相和與蒲牢之間的糾紛呢？」

「再等等，等蒲牢消氣。蒲牢從來都不是滿不講理的，但她此時在氣頭上，什麼話也聽不進去。再過幾天，我就會找她好好談一談，她應該會把鹿吳山交出來的。」螭吻說，「知宵，整件事情雖然是你惹出來的，但你也不要太過自責。」

「師父，這次我並沒有自責。」

「這樣就好。就算你不把驅山鐸送給相和，她和蒲牢總有一天也會因為別的什麼事情徹底鬧翻的。唉，整天爭來鬥去多辛苦啊！你想想看，如果你和你的鄰居整天鬥氣，會不會覺得很辛苦？所以，不如讓一切變得不可收拾，好有個了結呢。我隔一陣子就得跑去調解相和與蒲牢的關係，實在是有些厭煩了。」

知宵掛斷了電話，茶來問道：「螭吻說了些什麼？」

知宵大致複述了螭吻的話，茶來晃了晃尾巴，說道：「你被螭吻騙了，其實他根本不想管這件事情了。」

「我也有這種感覺，他一定覺得整件事情太麻煩。」知宵想了想，「我想去風來山莊找蒲牢大人。可是蒲牢大人好可怕，茶來，你可以和我一起去嗎？」

「喵，我不！」

這是知宵意料之外的回答，好在他只沮喪了一小會兒，接著，他便打電話到真真家裡，真真隨時都是講義氣的，想也沒想就答應了。

第十四章

香噴噴的抗議活動

知宵和真真來到風來山莊外時，瞬間有一種來到了另一場相和舉辦的聚會的錯覺。和前幾天相比，在風來山莊門口抗議的妖怪更多了，水邊還有臨時搭成的帳篷，帳篷裡全是食物和美酒。好多妖怪都吃多了、喝醉了，說話聲、笑聲和唱歌聲混雜在一起，還有些妖怪開始跳舞。要不是那些橫幅和寫著口號的牌子，誰還能想到大家的目的是想要蒲牢還回鹿吳山呢？

「東邊在哪兒？風來山莊的抗議活動不是他發起的嗎？」真真抓住一個正在跳舞的妖怪問道。

「那邊！」這個妖怪一點都沒有停下來的意思，隨手一指，就回去接著跳舞了。

知宵和真真穿梭在歡樂的妖怪群裡尋找起來。兩個小夥伴遇到不少他們並不認識的妖怪，但奇怪的是，那些妖怪都叫得出他們的名字，對他們很熱情。他們很快就遇到了相和的朋友長臂妖怪，他立刻往知宵和真真的嘴裡塞進不少精美的食物，說：「知宵、真真，快來嘗嘗妖怪做的美食！」

「這兒發生了什麼事？」知宵邊嚼邊說。

「抗議不也是聚會的一種嗎？大家都是活生生的妖怪，能動就會肚子餓，所以就變成這樣了。今天晚上我們還準備放煙火呢。」長臂妖怪說。

「你們的行動是不是偏離主題了呢？」真真說，「蒲牢本來就還在生氣，你們這樣做，她不是會更加生氣嗎？」

「那我們應該怎麼做？難道要一整天都跪在這兒，哀求蒲牢把鹿吳山還給相和嗎？」長臂妖怪交叉著胳膊說，「我們雖然是名不見經傳的小妖怪，卻也是很講文明的。蒲牢是講禮儀的龍女，那咱們就用這種文明的方式與她抗爭。反正不管發生什麼事兒，我都會站在鹿吳山跟相和這一邊。」

知宵和真真都覺得妖怪的想法難以理解，但確實又有些道理。他們繼續往前走，很快便看到了知宵的兩個山妖手下。咕嚕嚕正忙著製作燒烤，嘩啦啦嗓門兒大，負責招攬客人。他們倆的生意似乎還不錯，知宵跑上前去問道：「咕嚕嚕、嘩啦啦，你們怎麼趁機在這裡做起生意來了？」

「老大，我們可是合法賺錢喔！」嘩啦啦委屈的說，「你讓我們整天陪著那隻怪——那位東邊先生，咱們沒事可幹，才想到這一齣。」

「老大，你不用替我們擔心，大家是心甘情願上門消費，我們又沒強迫他們。」咕嚕嚕說。

「對了，那東邊現在在哪兒呢？」真真問，「保護他才是你們最重要的任務。」

咕嚕嚕和嘩啦啦面面相覷，伸長了脖子也沒找到東邊。

這時候，從風來山莊裡走出幾位穿著綠色工作服的妖怪來，為首的那位有著人形的先生身體又瘦又長，脖子更長，看起來像是隨時會倒下似的。他一開口，更是吸引了所有妖怪的注意力。

「你們實在太吵了，油煙味都飄到風來山莊裡來啦！還有，請不要把香蕉皮和啃過的骨頭扔到風來山莊裡來。這裡可是妖怪療養院！最重要的是，請大家趕緊離開這兒吧，不要逼我們驅趕你們。」

「你們把我們趕走了，我們明天早晨又會精神百倍的過來！」長臂妖怪大聲說，「請轉告蒲牢大人，如果她不把鹿吳山歸還給相和，我們就把這兒變成美食一條街！」

「哼，要不是蒲牢大人囑咐我們不能傷到你們，我早就把你們打進湖裡了！」

長脖子妖怪說道。

「我們就是想講道理，才會以這樣平和的方式表達自己的看法啊！」長臂妖怪說。

風來山莊的員工沒再說什麼，淩厲的瞪了大家一眼，轉身準備回去。這時候，知宵和真真已經擠到了風來山莊的大門前，在關門的前一秒，知宵叫住了那位員工。

「等一下，請您等一下！我們倆是螭吻大人的弟子，我們有事情必須要見見蒲牢大人，您能不能讓我們進去？」

那位員工上上下下打量著知宵，說：「你先等等。」

員工關上了門，知宵便站在門外等待。不一會兒，那位員工又出來，對知宵說道：「你們倆進來吧。」

知宵看了看真真，然後，兩人一跨進風來山莊的門檻，一切便不一樣了。並不是說院子裡的建築物富麗堂皇，它們也和院牆、大門一樣陳舊，不過，這兒給人的感覺不一樣，令人從心裡感到溫暖，讓人想要住下來。這裡有些像妖怪客棧，與鹿吳山給人的感覺是完全相反的。

黑犬流火在門裡靜靜的望著知宵和真真。圍繞在流火身邊的空氣卻好像並不溫暖，知宵有些緊張。上次知宵在山上聽相和說起流火的「真身」，當時他就問了問茶來，才知道流火是一隻樟樹妖。

「跟上我。」黑犬流火說著，轉身往裡走。

沿著大門左側的長廊一直走，穿過好幾道門，拐了好幾個彎之後，知宵就暈頭轉向，不知道自己到了哪裡。風來山莊的門太多了，所有的房屋在知宵眼裡都差不多，他覺得這兒像個迷宮。雖然明白自己有更重要的事情要做，知宵還是忍不住東張西望，打量著風來山莊裡的一切。如果有機會能夠在風來山莊裡自由行動，他真想在這兒探險，或是和大家一起玩捉迷藏。

不一會兒，一群毛茸茸的生物奔過來，像一團團長了腳的棉花，可愛極了。

「小心，不要踩到它們。」流火說道。他的聲音冷冰冰的，像故意要拉開自己與知宵一行的距離一樣。

可是，這些棉花團故意撞向知宵和真真，雖然不痛，卻害得知宵重心不穩，摔倒在地。棉花團還不滿足，從知宵身上踩過，消失在走廊的另一端。空氣裡殘留著它們的叫聲，聽上去像哈哈哈的笑聲一樣。

「哈哈哈！人類，人類，可惡的人類。」

幽幽的聲音鑽進知宵的耳朵裡。他四下張望了半天才發現，發出聲音的是突然出現在他身後的影子，一條又一條，非常猙獰，還像水草一樣舞動著。知宵和真真前進一步，它們也就跟著動一下，後來，它們乾脆從地上立起，把兩個孩子團團圍住。知宵眼前一片黑暗，聽見影子們持續不斷的嘲諷與威脅，想向他施加精神壓力。知宵心裡沒底，害怕得手心都出汗了，這時，他無意中發現，帶路的流火正盯著他，知宵握緊了拳頭。

知宵想：這種時候怎麼能認輸、被看扁呢？說不定這是蒲牢故意安排的，如果我們害怕了，她就不會見我。

「不好意思，你們能不能讓一讓路？」知宵說。

「應該離開的是人類吧。」影子好像說話了。

「沒錯，你們人類已經占領了整個世界，還不給我們留一些生存空間嗎？」

影子們離兩個孩子越來越近，知宵伸出手想驅趕它們，手穿過了影子。沒辦法，他只好摸黑前進，不料一頭撞在柱子上，影子們嘻嘻笑了起來。

知宵有些生氣了，而真真已經火冒三丈，嚷嚷道：「蒲牢大人，欺負我們讓您覺得有意思嗎？」

「你們冷靜一點，這兩個孩子是我的客人，他們是無辜的。」

蒲牢的聲音響起，不一會兒，影子們就消失了。知宵看了看，無意中發現一個人影閃進了小竹林旁邊的圓形石門裡。石門那邊隱隱傳來了彈奏樂器的聲音，像微風在撫摸耳朵一樣，很舒服。知宵真想停下來聽個清楚，可是黑犬流火繼續前行，知宵只得小跑跟上他。走過幾條碎石小路、穿過幾道門之後，他們來到了一座花園裡。這兒有些像三月的植物園，到處開滿了鮮花，還有些藤蔓植物牽纏著，隔斷了知宵的視線。一直走到花蔭深處，知宵才看到了坐在長椅上的蒲牢。他幾乎分不清花與蒲牢的界限在哪裡。

「看來你們完全恢復正常了，太好了。前幾天的事真是抱歉。」蒲牢說道，「你們來找我做什麼？」

「我就是想知道，您現在到底打算怎麼做？」知宵說。

「你們覺得我該怎麼做呢？」蒲牢抬起頭說道。她的眼睛裡還是帶著笑意，如同四月的陽光一般溫暖。知宵明白，前幾天他見過的那個在空中大叫的蒲牢，又一次被藏了起來。知宵覺得有些遺憾，因為那天的蒲牢要真實得多。

「我不知道。」知宵垂下頭去，不敢看蒲牢的眼睛，「不過我認為，相和雖然做了很多過分的事，但您把鹿吳山藏起來實在不是解決問題的好辦法，畢竟鹿吳山上和山腳下都有依賴這座山的生命。這應該也是大家會轉過頭來支持相和的原因。您的力量當然要比相和強得多，您的影響力也更大，但是，如果您站在相和的立場上想一想，就不會覺得她的行為全是錯的了。」

「沒錯。相和在仙境裡犯了很多錯，但您仔細想想，她造成的損失也不是特別嚴重。被畫花的雕像隨時可以用法術修好，砸毀的長橋也沒有傷害到任何人。相和也說過，她會承擔責任，她今天去仙境向大家道歉了。所以我覺得，您應該把鹿吳山還給她，畢竟她仍然是山神，您不能這樣專斷。」真真也說。

蒲牢遲遲沒有回答，知宵終於鼓起勇氣抬起頭來，直直的看著蒲牢。四周很安靜，知宵聽到了草叢裡的小蟲子發出的叫聲。天色暗下來了，涼風從湖上吹來，捎來了一陣陣花香，使得知宵特別想打噴嚏。

「這是你們的想法，還是相和讓你們幫她說的呢？」蒲牢終於說道。

「是我們想要這樣做。」知宵說。

「那好，請你們轉告相和，如果她願意誠心誠意向我道歉，我就可以考慮把鹿吳山還給她，讓她自由的搬走。」

無論如何，這也算是蒲牢的讓步。知宵和真真高興的點點頭，急急忙忙回到妖怪客棧，想把這個好消息告訴相和。可是相和還沒回來，他們只能等待。

晚上八點不到，相和回到了妖怪客棧。她渾身上下散發出一股「生人勿近」的氣息，嚇得房客們連忙躲開。白若飛到知宵的肩膀上，小聲對他說：「完了，完了，今晚相和一定又要拉著我們跳舞了。我和八千萬商量過了，如果相和再讓我們半夜開舞會，我們就把她迷昏。小老闆，你沒什麼意見吧？」

知宵和真真上前去叫住了相和，相和非常不耐煩的說道：「怎麼了？」

知宵和真真你一言、我一語，把白天見蒲牢的情景描述了一下。知宵又問道：

「您覺得怎麼樣？」

「讓我向她道歉？憑什麼？錯的明明是她！」相和大聲嚷嚷道。她頭上的那片羽毛晃蕩個不停，跟自己的主人一起表達內心的不滿。

「您一定也犯了一些錯誤吧？」真真笑著說，「鹿吳山的自由是最重要的事，您暫時忍耐一下不好嗎？」

「最重要的事情是我的自由，明白嗎？」相和說，「你們這些小孩子啊，怎麼到現在也沒明白我的意思呢？這些年來，你以為我整天和蒲牢唱反調，日子就過得輕鬆嗎？總有那麼些妖怪以長輩自居，沒事就想數落我幾句。我始終不願意向蒲牢屈服，才會鬧到如今的地步啊！所以，就算她收走了鹿吳山，我也不會屈服！你們為什麼不能站在我這邊呢？」

「比起站在您這邊，我更想幫您做點什麼。」知宵說，「您能不能告訴我，您到底想怎麼做呢？」

「這個嘛……」相和莞爾一笑，又習慣性的抓了抓頭上的羽毛，「今天我也作出了決定。為了告訴蒲牢她這樣做是不對的，我要率領去風來山莊抗議的妖怪們，一起占領龍宮城！」

知宵、真真以及一直在旁邊湊熱鬧的白若，全都瞪大了眼睛。

「什麼？」

第十五章

遲到一百年的叛逆期

過了一會兒，知宵問道：「您沒開玩笑吧？」

「我非常認真。」相和總算收起了笑容，「道理也很簡單，蒲牢搶走了我的家，那我就要去搶走她的老家。這樣才公平，是不是？這些年來，蒲牢一個勁兒管著我，她那幾個兄弟姊妹全都睜一隻眼、閉一隻眼。我現在都懷疑，鹿吳山是被蒲牢藏進龍宮城裡了。」

「可是，您這樣做能拿回鹿吳山嗎？」真真說。

「您知道怎樣進龍宮城嗎？那兒有很強大的法術保護著呢！」知宵說，「還有螭吻和他的哥哥、姊姊，您怎麼可能打得過龍子？」

「我沒想那麼多，反正我就是要去龍宮城！你們不用說風涼話打擊我，我不會改變決定的！」相和轉身離開客棧主廳，朝著樓梯口走去。

知宵有些懷疑，相和想要占領龍宮並非心血來潮，而是蓄謀已久。因為就在第二天，她便馬不停蹄的開始實施自己的計畫。

相和的第一步便是招募同伴——貼在妖怪客棧主廳公告欄的廣告單上，赫然寫著「一起占領龍宮城」七個大字，並希望大家在一個星期內積極報名。

「如果你對龍宮城有什麼新仇舊怨，只因為他們勢力太盛，敢怒而不敢言，不要猶豫，加入鹿吳山，咱們一起用自己的方式，讓龍之九子聽見我們的吶喊吧！」這是廣告單上用來鼓動大家的話。

在其他妖怪聚居的地方，應該也有同樣的宣傳單吧？大家會有怎樣的反應呢？是躍躍欲試，還是默默旁觀呢？另外，這片土地上，真的會有那麼多對龍宮城不滿的妖怪嗎？知宵從來沒有想過這樣的問題。他接觸最多的妖怪還是他家的房客，從大家談論龍子與龍宮城的態度來看，房客們應該很尊敬螭吻一家，很喜歡龍宮城。知宵受大家影響，也對龍宮城與龍子們抱有相同的情感。可是，龍子也並非十全十美。嘲風好面子又有些強人所難，成熟、穩重的蒲牢竟然也有孩子氣的一面，螭吻更是懶懶散散、毫無幹勁，而那個僅有一面之緣的睚眥好像有社交恐懼症……

這樣一想，也許確實會有妖怪對他們心懷不滿。即使龍王九子真的完美無缺，也不能讓所有人信服吧？因為你永遠不能同時讓所有人滿意。相和真聰明，她把自己的敵人擴大為整個龍宮城，她的同伴自然也就變成了對龍宮城不滿的妖怪。

另外，眾所周知，很多妖怪隨心所欲慣了，相和的宣傳語聽起來確實讓人熱血沸騰，說不定他們腦子一熱，就跑去幫相和的忙了。

下午放學後，知宵乘著金銀先生的車，與沈碧波、真真一起來到了妖怪客棧，一進門便看到圍在公告欄旁的房客們。知宵默默加入行列，伸長耳朵聽大家說話，想了解一下房客們的態度，這多少能夠反映其他妖怪的想法。

大家都在議論相和。以前相和是一隻那麼文靜、憂傷的傷魂鳥，只是最近快一百年的時光，突然進入了遲到的叛逆期，之後便一直沒能消停過、安靜過，關於她的「光輝事蹟」真是三天三夜也說不完。

「帶著鹿吳山去高石沼，在麒麟雕像上塗鴉，也只有她有這樣的膽子。」麻雀妖白若一臉憧憬的說，「像我們這種沒本事的小妖怪，只好在一旁說『麒麟真自戀，雕像真難看』這樣的話，什麼都不敢做。」

「沒錯，沒錯！」鼠妖柯立的侄子饅頭說，「白水鄉的長橋也是。凡是去那裡旅遊的妖怪，沒有一個不抱怨這座廢棄的橋礙事的，可是那邊的妖怪就是懶得維修。大家都說不如把橋給砸了，但是，這事兒也只有相和真的會去嘗試。」

「說起來，相和也不算本領高強、資歷深的妖怪，可是她真的天不怕、地不怕，太了不得了。」還有好幾位房客同意白若和饅頭的看法，大家交頭接耳，竊竊私語，都點起頭來。這可真令知宵感到意外。原來，相和給大妖怪們惹了很多麻煩，雖說讓大家頭疼不已，卻也一不小心成了小妖小怪們的精神偶像。

「你們大家說，我們要不要一起去參加？」山妖咕嚕嚕高聲嚷嚷道。

「好啊，好啊！等我們占領了龍宮城，就能把那兒的寶藏全據為己有啦！」嘩啦啦趕緊應和自己的同伴，「然後，咱們倆一起統治妖界吧！」

「你們倆就作白日夢吧！」麻雀妖白若說，「相和是很厲害，但她怎麼可能打得過蒲牢呀？再說了，龍宮城裡也有許多厲害的妖怪呢！還有，要是蒲牢把她的八個兄弟姊妹集合起來，只要他們一起打個噴嚏，就能打敗相和。」

「可是，相和看起來信心十足，說不定她有咱們都想不到的好辦法呢？」咕嚕嚕一本正經的說，「相和還是有一些勝算的，咱們得賭一把。」

「即使有勝算，我也不想得罪嘲風大人。」白若又說，「和她撕破臉，以後還怎麼在妖界混？況且，我和龍宮城無冤無仇，螭吻大人還是咱們妖怪客棧的保護人呢！如今他暫時鎮守龍宮城，咱們怎麼能跑到他家裡去胡作非為？」

「其實我還挺期待的，想看看相和能招募到多少同伴，她又會怎麼做。」真真突然說，「總感覺一定會很熱鬧。」

「沒錯，最近太平靜了，真沉悶！眼看秋天來了，確實該發生一點瘋狂的事！」咕嚕嚕繼續大聲發表自己的觀點。

「就是！秋天剛到，任性一把也沒關係！」嘩啦啦永遠都會支持自己的同伴，完善著他們倆奇怪的理論。

這時，鼠妖柯立大步流星的走過來，眼裡似乎燃燒著憤怒的火焰，大家都不由得後退兩步，與他保持距離。柯立也不看大家，一把扯下牆上的宣傳單，再轉過頭來，目光掃過大家，用不容反駁的口氣說道：「你們誰也別想跟著相和去胡鬧！如果你們不聽話，那我們客棧現在就要大家把欠著的房租全部付清！你說是不是，小老闆？」

柯立轉頭看著知宵，房客們也紛紛把目光投過來。自從螭吻入住妖怪客棧，成為客棧的保護人之後，妖怪客棧與龍宮城就有了諸多聯繫。不久之前，知宵還幫忙挫敗了一起針對龍宮城的破壞行動，他怎麼可能讓房客們跑去占領龍宮城呢？

於是，知宵使勁點點頭，說道：「是的！」

「老大，我們根本不準備去啊，就是說著樂一樂。」咕嚕嚕一臉無辜的說。

「就是，萬一龍王九子全都到齊了，咱們跑過去被誤傷可怎麼辦？我還這麼年輕！」嘩啦啦說。

柯立沒再說什麼，他把宣傳單揉成一團扔進垃圾桶裡，轉身離開了。雖然柯立私底下總是穿著隨意的夏威夷衫和人字拖，嘴巴裡總在咀嚼著小點心，他畢竟是妖怪客棧的經理，不但很有威信，關鍵時刻還是能夠震住眾房客的。

這時，沈碧波和金銀先生從樓梯口走下來，金銀先生說道：「知宵，東邊現在好像不在客棧裡。」

金銀先生似乎有重要的事情要和東邊談，所以才會來客棧。知宵和真真也迫切想要了解相和的行動，而消息一定都會出現在客棧裡，所以他們倆搭了個便車。知宵聽咕嚕嚕說起，昨天晚上東邊從風來山莊回到妖怪客棧之後，便一直待在房間裡沒有出來。因為相和向蒲牢和龍宮城宣戰，東邊的抗議活動也暫時結束，不知道他什麼時候悄悄去了哪裡。於是，知宵向聚集的房客詢問起東邊的下落來。

「我剛剛飛回客棧時看到東邊了。」白若湊過來說道，「他在咱們客棧屋頂的露臺上。」

金月樓雖然只有四層，它的高度也足夠讓懼高的東邊覺得害怕了。知宵真不明白他為什麼要跑到露臺上，便和真真、沈碧波、金銀先生上樓去找他。

露臺並不寬敞，一叢薔薇、兩把椅子、一張小桌子和十來盆花草，就把這兒擠得滿滿的。此時，東邊就站在靠欄杆的椅子上，低頭望向欄杆的另一側，也就是客棧樓下。

「東邊，你不要想不開！」知宵忍不住叫道。

東邊轉過頭來，目光中有些許疑惑，說道：「在下並沒有想不開，小老闆你想多了。」

「那你這是要幹什麼？」沈碧波走上前去問道。

「在下認為，如果不面對內心的恐懼，便永遠不可能戰勝它。」東邊又轉過頭去，這次他的目光望向了天空，「在下聽說，有些患有懼高症的人類，一旦站在高處，就會有眩暈、噁心等症狀。在下沒有血肉之軀，也不明白這些症狀到底是怎樣的，當然不會被它們困擾。但在下的內心還是無比恐懼。這種擔心被摔碎的恐懼日復一日、年復一年在內心累積著。

不僅是高處，在下也害怕出現在人類或是妖怪聚集的地方，害怕和別的妖怪發生爭執，害怕掉進水裡，害怕風吹、日曬。因此，多年以來，在下盡量待在同一個地方，盡量小心行動，什麼也不敢去嘗試，可是，如今在下想要改變自己。也許已經晚了，但只要有些許的進步，在下也就心滿意足了。」

「怎麼會晚呢？」真真問，「我外婆說過，任何時候想要改變自己都不算晚。這段時間，她還一直非常努力的學習西班牙語呢！」

「你外婆真是一個樂觀又可愛的人。」東邊說。

「東邊，關於你背上那道裂縫的情況，我四處打聽過了。」金銀先生開口說道，「它怎麼也修不好，對嗎？」

「是的。我也去過盧浮醫院了，修好之後很快又裂開了。在下本來只是一尊泥偶，而睚眥大人又是維修舊物的專家，相和還請他幫在下查看了一下情況，可是他也沒什麼辦法。在下變成妖怪，不過兩百多年的事，但在下被工匠製造出來，卻是上千年前的事了，老化了，裂開了，千年來累積的靈氣消散，都很正常，在下願意坦然接受。」

「真是的，你都變成這個樣子了，為什麼還不好好愛惜自己，要跟著相和胡鬧呢？」金銀先生的語氣裡滿是責備，「我今天來就是想讓你離開相和，去風來山莊或者來我們羽佑鄉靜靜休養。這對你有好處！」

「多謝關心，金銀先生。請恕在下難以從命，」東邊頓了頓，又說，「在下心甘情願支持相和的計畫，和她一起去占領龍宮城，這不是為了相和，而是為了在下自己。

「其實，在下一直沒敢說出口的是，相和與蒲牢大人鬧翻，在下要負很大的責任。相和生日那天、鹿吳山飛走時，四位也在山上，你們應該清楚，相和其實是準備飛回去的。不過，那時在下向她提議，希望她能在天空中再飛一段時間。在下明明怕高，待在空中的山上一直非常緊張，可是飛的時間長了，在下彷彿體會到了在空中俯瞰的愉悅，所以才會鬼迷心竅的提出那樣的要求。相和答應了在下，還向在下保證，無論在下想飛去哪兒、想飛多久，她都會奉陪到底。

「後來，相和飛去各個仙境，其實全都是在下的主意，但相和把這些責任一併承擔了下來。正如相和所說，她只是在下的老闆，本來沒必要為在下做任何事。那麼，在下幫相和做點力所能及的事情，或者僅僅是站在她身後為她加油打氣，不是在下應該做的嗎？在下以前只是看著相和四處惹麻煩，與蒲牢大人對抗，什麼也不敢做，還會不時勸說她三思而後行。可是，今後與相和相處的時間還有多少呢？在下不想繼續這樣下去了。」

「你應該把這些話說給蒲牢大人聽。」金銀先生說。

「那天在下去風來山莊，便是向蒲牢大人坦白這一切，可是她並不相信我。她認為在下只是替相和求情罷了。也對，在下本分、謹慎的生活了一百多年，誰會相信在下突然也會任性呢？那麼，在意識消失之前，索性任性到底吧！」

金銀先生不願意放棄，像演說家一樣打著手勢，動之以情，曉之以理，要說服東邊。東邊只是默默聽著，但他就是不肯改變主意。這樣你來我往，看起來似乎能夠持續到世界末日，知宵、真真和沈碧波便先離開了露臺。

「蒲牢雖然說她要奉陪到底，現在龍宮城還是由螭吻說了算吧？他的想法又是怎樣的呢？」沈碧波問道。

知宵和真真也想知道螭吻的態度，便一起去螭吻仲介公司的辦公室。他們不用打電話聯繫螭吻，便從茶來那兒得到了很多訊息。

「蒲牢回龍宮城了，如今也忙著準備迎戰相和呢。不過，沒什麼好準備的，相和還能鬧出什麼來？不過，螭吻覺得挺好玩兒，也想看看相和這一百多年來長進的本事。」

「暑假開始的時候，龍宮城發生了那麼一場大破壞，結界也才修補好，這樣真的好嗎？」真真說，「螭吻是不是討厭龍宮城，恨不得龍宮城一而再、再而三被攻擊呢？」

「那你覺得龍宮城該做出怎樣的反應呢？」茶來的尾巴晃來晃去，「做好充足的準備，迎接進攻的對手，才是對對手最大的尊重。」

「你們太隨性了。」真真氣憤的說。

「我們是妖怪嘛！」茶來爽快的回答，「你們人類還常常把我們想像成絕世大壞蛋呢！那我們做出這樣的事情，又有什麼奇怪的？其實你不用緊張，結果一定會很有趣，不信你們一起看吧！」

「我完全不懂你們的想法！」真真嚷嚷道。

「有時候什麼也別多想，隨心行動就好。這也是給你們兩個小朋友一個更加深入了解我們妖怪的機會，如果你們無法理解，以後還怎麼和妖怪一起玩耍呢？」茶來得意的晃著尾巴說。

對啊，還能做什麼呢？自從繼承妖怪客棧之後，知宵結識了更多的妖怪，他的生活與妖怪們更加密不可分，遇到了更多風波時，他就會捫心自問一句：「我能做點什麼呢？」他渴望能用自己的行動阻止壞事發生，幫助自己的朋友。然而事實卻是，他面對的都是比他年長得多、厲害得多的妖怪，他能做的事情很有限。即使如此，自己既然已經被牽扯進來，他就不想置身事外。

離開仲介公司的辦公室，一行人下樓來到客棧主廳裡，金銀先生已經結束了和東邊的談話，看他那副沮喪的樣子，應該是沒能說服東邊。不過，金銀先生依然沒有放棄，他想要見相和一面。

「我也想見她，我想知道相和到底有怎樣的計畫。」知宵說。

相和依然住在知宵的房間，如今這兒也算是她的辦公室，那些想要幫她一起占領龍宮城的妖怪，都到這個房間裡來報名。知宵、真真、沈碧波和金銀先生進去時，剛好有三個妖怪結伴走出來。

這個房間和知宵住的時候完全不一樣了，床、櫃子、書桌的擺放位置換了，連窗臺上的盆栽也和以前不一樣了。不過，幸好相和沒把知宵的課外書扔掉，不然他真的會和相和大吵一架。

相和正在看信，聽到開門聲抬起頭來，笑著說：「大家好！你們是來報名的嗎？」

「不是。」知宵、真真和沈碧波幾乎異口同聲說。

「那你們就是來勸阻我的囉？除此之外沒有別的理由。」

「我對你要做什麼不感興趣。」金銀先生怒氣沖沖的說，「我只希望你不要把東邊扯進去，他隨時會裂開的！」

「東邊想要幫我，我怎麼能拒絕他呢？」相和一臉無辜的說，「你也知道，東邊的真身可是上千年的古物，累積了比我們都要深得多的智慧，他作出的決定，一定是經過深思熟慮的，我沒有權力否定他的想法。」

「你怎麼能對他這麼狠心呢？他任勞任怨，在你身邊幾十年。相和，你以前不是這樣的！」

「那你覺得我該怎樣做才好呢？」相和冷笑一聲，「告訴東邊，他快要死了，所以乖乖待著別動，小心裂成兩半？我以前是怎樣的？我在風來山莊工作時，經常要為在那裡死去的妖怪唱悼歌，我見過的生、老、病、死比你多得多，不用你來教我，金銀先生！」

相和的左手用力抓住信紙，把信紙都揉皺了。她睜大自己那雙細長的眼睛，一動不動的注視著金銀先生。金銀先生沒再說什麼，逕自轉身離開了，沈碧波和真真也先後跟了出去。

知宵走之前對相和說：「您到底準備怎麼辦呢？真的要占領龍宮城嗎？」

「拚盡全力。」相和又笑了起來，「請拭目以待。」

第十六章

盜走鹿吳山的高手

說實話，就算是不認識的雙方發生爭鬥，知宵也沒辦法做到冷眼旁觀，更別說龍宮城是他很喜歡的地方，而相和也是他想要好好理解的朋友。

「咱們必須得做點什麼。」回到客棧主廳之後，真真摸著嘴唇說。

「最直接的辦法，當然是先一步把鹿吳山找回來。」沈碧波說。

「我家的房客一定不行，那不如我們直接去找螢火蟲先生？」知宵說。

在金銀先生的帶領下，三個小夥伴又去了螢火蟲先生的家。不過，諾兒說螢火蟲先生又睡著了，最近大家總是來向他尋求幫助，他太累了。

「你們忍心這樣一而再、再而三的吵醒他嗎？」諾兒雙手扠著細細的腰，生氣的說。

誰也不忍心再把他吵醒，但又都是一副不甘心、不情願的表情。

「唉，算了，算了，真是拿你們人類小孩子沒辦法。我帶你們進山洞看看吧！等你們看到這次螢火蟲先生睡得有多死，就會死心了。」諾兒歎著氣說。

他們再一次經過黑暗的山洞，來到螢火蟲先生睡覺的洞穴，這裡似乎比平時更黑了，只有很微弱的白光在洞內的角落裡微微閃爍，連諾兒的燈光也不能把屋子照亮。螢火蟲先生確實睡得很死，大家想了想，也不好勉強再次叫醒這隻一萬歲的烏龜，只好決定重新想別的辦法。

回到妖怪客棧的途中，金銀先生提議道：「既然不能找螢火蟲先生幫忙，不如我們試著去找蒲牢的手下黑犬流火吧！他一定知道些什麼。」

大家很快便來到了風來山莊外，在繫著小船的湖邊與流火見了面。這時候，天已經黑了，風來山莊裡裡外外有許多高大的古木遮蔽，燈光又是那麼昏暗，四周陰森森的。要不是流火的眼睛散發出微弱的綠光，知宵根本無法確定他身在何處。流火是一隻樹妖，可是知宵覺得樹應該是生機與活力的代表，為什麼流火身上完全沒有這樣的特質呢？

知宵一行說明了來意，流火只是冷冷的回答：「我為什麼要告訴你們？」

「難道你不想阻止相和嗎？」心直口快的真真說，「你是不是也和龍宮城有什麼舊仇啊？」

「還有，雖然蒲牢大人是你的老闆，但老闆做出不正確的事情時，員工也要努力阻止。」沈碧波說。

「恕我直言，沈少爺，蒲牢大人並沒有做錯什麼事。她不過是關心相和。」流火說。

「關心相和是沒錯，但是把相和的家藏起來的這種作法，合理嗎？這種關心根本沒有考慮相和還有山裡其他妖怪的感受！」知宵說。

「如果我媽媽像蒲牢大人一樣，我也早就離家出走了。」真真又說。

「所以，你們是來向我抱怨我家老闆的？說完了嗎？我還有事，先走了。」

流火二話不說轉身離開，知宵聽到他的爪子踩在河邊小草上的聲音。

就在這時候，知宵腦子裡靈光一閃，他突然說道：「流火，我知道你的真身長在什麼地方！」

草叢中的腳步聲停了，流火轉過身來。昏暗中，他的眼神裡似乎充滿了懷疑。

知宵又說：「這是相和告訴我的。雖然我不會把你的真身連根拔起，但是，我會想辦法做些什麼，限制你現在的行動！」

流火沒有說話，但他的眼神變得兇狠起來，他一步步的逼近知宵。知宵心裡害怕極了，忍不住一個勁兒往後退，結果一腳踩空，差點掉進湖裡，幸好金銀先生及時拉住了他。

這時候，真真上前一步，衝流火說道：「你想幹什麼？難道要咬知宵一口嗎？我告訴你，我也知道你長在哪兒，流火。你要是敢對我和知宵做什麼，螭吻不會放過你的！」

「小姑娘，你誤會了，我並不想傷害你們。我只是想要知道，你們為什麼要撒謊呢？」流火說。

知宵沒想到自己的計策被流火看穿，一顆心不禁一下跳到了喉嚨口。

「我們所說的全是真的。」真真說。她的聲音聽起來很有底氣，確實不像在撒謊。

知宵覺得這真的太難為她了，因為真真最不擅長的事情就是撒謊。

「不可能，相和絕對不會把我長在什麼地方這件事情透露給你們。」流火的聲音也信心十足，「我和她相識幾百年，雖然一直不太喜歡她，但我很相信她。」

「那你能不能假裝被這幾個孩子欺騙了呢？」金銀先生終於開口說話了。

流火思索了幾秒鐘，說道：「好吧。雖然蒲牢大人並未對我明說，但我認為，鹿吳山並不是被蒲牢大人藏起來的。其實，我也正在找它。」

「怎麼可能？」真真驚訝的說，「如果你說的是實話，那為什麼蒲牢大人不跟相和說清楚呢？」

「你們也應該見識過蒲牢大人與相和的相處方式了，你們認為，她們有可能心平氣和的說話嗎？況且蒲牢大人還在氣頭上，心裡甚至為誰幫了她一把而暗暗高興呢。」

「為什麼她們倆的關係會變得這麼差呢？」知宵忍不住好奇的問，「茶來說，這是因為相和生了一場大病，病好之後她性情大變，也不再唱歌了。是這樣嗎？」

「那到底是一場什麼病？」真真補充道。

「她的身體沒什麼大問題，可能是她的心想要生病，於是就生病了吧。」流火說，「以前在風來山莊工作的時候，相和也不怎麼說她的心事。但蒲牢大人與傷魂鳥一族一向關係親密，相和是最後一隻傷魂鳥，所以，蒲牢大人對她的要求特別嚴格，希望把她培養成一隻敬業的傷魂鳥。這一切或許讓相和心生厭煩，以至於她就有意全盤否定蒲牢大人教給她的一切。相和是真的討厭唱歌，還是討厭蒲牢大人希望她唱歌呢？這些我也不知道，說不定連相和自己也不清楚。」

「原來是這樣。」真真說。

「現在你們也知道內情了，請幫我一個忙，在相和跑到龍宮城胡鬧之前，把鹿吳山找出來吧。」流火又說。

知宵和沈碧波都答應了，但真真搖搖頭，說道：「不是幫你的忙，是我們自己想要找到鹿吳山。而且，我們一定會比你先找到它！」

「真是個好勝心強的小姑娘，這樣真好。」流火的聲音裡多了一絲感情，「那我們就比比看吧。」

接下來，沈碧波安排了許多姑獲鳥幫忙在天空中四處搜尋，知宵只好請求房客們給予幫助。最近幾個月，他似乎老是麻煩房客們幫忙，心裡有些過意不去。鼠妖柯立似乎看出了知宵的小心思，便安慰他道：「沒關係的，大家欠你的房租夠你麻煩他們一輩子了。」

至於真真，她雖然很厲害，不過在這種事情上，她完全沒有優勢。因此，她每天都會跑到知宵和沈碧波的教室外，向他們詢問探查的結果。

有一個道理，相信大家都很清楚：就算你異常努力，也不意味著你一定能夠成功。結果誰也找不到鹿吳山。知宵確信，把它藏起來的妖怪一定是個天才。慢慢的，知宵開始懷疑，說不定鹿吳山真的是被藏進了龍宮城裡。蒲牢畢竟有那麼多厲害的兄弟姊妹，他們一定會護著她的。

「小老闆，再給我們一點時間，我們一定能打聽到線索！」鼠妖柯立的另一個侄子包子說。

可是時間總是不夠用。這幾天來，雖然知宵不怎麼出現在妖怪客棧，但他聽房客們說過，有好多妖怪出入客棧或是打電話找相和，都是要報名一起占領龍宮城的。天知道相和找到了多少同伴，那些同伴裡說不定有的是深藏不露的高手。

知宵擔心極了，畢竟不久前他才拚命保護過龍宮城的安全，不想它受到任何損害。

然而，鹿吳山依然沒有消息。晚上，知宵躺在床上，努力想像自己是一位名偵探，冷靜、仔細的分析整個事件，查出真相。他不記得在哪兒聽到過這麼一句偵探名言：排除所有的不可能，剩下的一種情況無論再怎麼不可能，都是事實。

可是蒲牢在妖界的人氣太高了，相和的仇敵又太多，盜走鹿吳山的妖怪嫌疑犯，可能比知宵的頭髮還多。更糟糕的是，知宵幾乎不認識他們。十幾分鐘過去了，知宵的偵探工作沒有任何進展，他睡著了。

在夢裡，知宵得償所願，找到了鹿吳山，在關鍵時刻阻止了相和與龍宮城的惡戰。他理所當然的成為所有妖怪的中心，大家都對他投來讚賞的目光。螭吻也為這位人類弟子的能力自豪，拉著知宵，要把他介紹給他的兄弟姊妹。

不知為什麼，知宵眼前突然出現一層迷霧，他使勁揉了揉眼睛，想要看清夢中螭吻的兄弟姊妹的面貌時，鬧鐘聲響起，他醒了過來。知宵騰地一下坐起身來，花了十幾秒鐘才從夢裡回過神，然後深深歎了一口氣。

夢境裡說不定也有線索，它會提醒大家一些被遺忘的小細節。知宵雙手抱著腦袋，心裡不住的想：「夢裡我是在哪兒找到鹿吳山的呢？快想起來……」

知宵努力回想夢境的每一個細節，腦子裡突然閃出一幅畫面來。他像彈簧一樣跳下了床，打電話聯繫了真真和沈碧波，要和他們最後再嘗試一次，把鹿吳山找出來。看來今天是沒辦法去學校上課了，一想到兩隻山妖鬧出來的笑話，知宵決定還是直接請假就好。這時候，他接到了鼠妖柯立打來的電話。

「小老闆，我覺得最好還是告訴你一聲，曲江、咕嚕嚕，還有嘩啦啦，今天早晨偷偷離開了妖怪客棧，似乎是跟著相和的妖怪大軍一起去了龍宮城！」

「你說什麼？那可不行！龍宮城是螭吻的家，螭吻是我的師父和咱們妖怪客棧的保護者啊！」知宵說。

「我知道，所以你放心，我會和我的三個侄子想辦法把他們拉回來。我只是覺得告訴你一聲比較好。」

掛斷電話之後，知宵匆匆出門，在約定好的地方與真真、沈碧波會合。真真帶來了一大堆寫滿符文的紙片和她那支寶貝毛筆，沈碧波穿上了他那被偽裝成普通夾克的姑獲鳥羽衣，還帶來了姑獲鳥管家金銀先生。只有知宵兩手空空，毫無道具可以讓他準備，但想到有幾個看起來如此可靠的同伴，他也有了信心。

「知宵，你是真的看到了嗎？」真真忍不住問道，「你不是說，那是一個夢。」

「不僅僅是夢，我仔細想過，記憶裡確實有些印象！」知宵掩飾不住內心的激動，目光轉向沈碧波和金銀先生，「你們也看到了吧？」

「我還是有點記不起來了。」沈碧波說。

「聽你一說，我也隱約有些印象。」金銀先生說，「況且，那位老先生以前在龍宮城住過很長一段時間，一直像愛護子女一樣關心蒲牢以及她的兄弟姊妹。一旦有了偏愛，就難免偏激和衝動，說不定真的是他。」

「總之，我們先去看看吧。」沈碧波又說。

說罷，大家走進了仙路裡。這條路知宵已經走過很多次，就算是獨自一人，他也有信心不會迷路。走出仙路之後，他們便來到了昏暗、潮濕的樹林裡，腳底下積滿了乾枯的樹枝與樹葉，像是踩在地毯上一樣。這林子裡的蚊子似乎也很熟悉知宵，比以往更熱情的在他身上留下了許多紅包。沈碧波披上羽衣，變成姑獲鳥飛到了空中，金銀先生也變回姑獲鳥的原形，馱著知宵和真真一路前行。最後，知宵一行停在了一棵熟悉的白樺樹下，叫出了提著燈籠的小精靈諾兒。

「怎麼又是你們？你們跑來幹什麼？」諾兒問。

「諾兒，請你叫螢火蟲先生起床。」知宵說。

「不行！他好不容易才睡著，上次我就跟你們說過，等到明年夏天再來叫他吧。」

「不是的，諾兒，我們這次來是因為，我們有理由懷疑螢火蟲先生一直在裝睡。」知宵又說，「你還是讓我們進去吧，諾兒。我們有很重要的事情要和螢火蟲先生談。」

諾兒的個頭太小了，知宵看不出她的表情變化。不過她沒有反駁知宵，只是默默放大家進了山洞。知宵更加確信，他的猜測有百分之八十的可能是對的，因此越發高興起來，腳步也跟著變得輕快了。他和大家跑進螢火蟲先生睡覺的山洞裡，就在離螢火蟲先生不遠處的石壁前面，他看到了一座微型的山。等到諾兒飛過來，帶來了更多的燈光，他甚至還看到了山上有一座小小的石塔。

這一定是鹿吳山的真身！它只是被螢火蟲先生用法術變小了。原來，就在前幾天他們去找螢火蟲先生幫忙的時候，知宵確實在洞穴中無意間瞥見過它——當時他就覺得洞裡有微弱的白色，被諾兒的燈光反射出來。但那時他們太匆忙，而且根本也沒想到會是螢火蟲先生盜走了鹿吳山，就沒有留意。

可是，有時候清醒時看見卻忽視的一切，竟然真的能在夢境中再現。知宵很興奮，心中卻想：要是每一次都能這樣該多好啊！這樣的話，那些恍惚間沒有聽懂的課，都可以在夢中搞懂了。

「李知宵，你想幹什麼？」萬年老龜螢火蟲先生的聲音幽幽的從身後傳來。

「我還想問問您呢，您拿走鹿吳山是想幹什麼？故意要看蒲牢和相和鬧翻，讓事情鬧大嗎？」知宵不甘示弱的說。

「哼，之前我就說過了吧，蒲牢心太軟，她管不了相和，只好由我替她出手管教。」螢火蟲先生壓低了聲音，都快把腦袋縮進龜殼裡了，看來他有些不好意思，「真是的，我本來還等著相和找過來，那時候她一定得求我把山交給她，我當然可以為難她那麼一下。這樣，我和她關於躲藏和搜尋的比賽，就能讓我反敗為勝了！沒想到，竟然被你們這群小孩子搶了先！」

「誰讓您不把它藏得再好一點呢？還有，您總是在關鍵時刻用睡覺這招，用得也太多了。」知宵得意極了。

「還是說，您故意把它放在這兒，想看看我們能不能注意到它？」真真托著下巴說。

「我為什麼要這麼做？」螢火蟲先生不服氣的說，但隨即似乎就有些後悔，又說，「說不定我還真就是為了考驗你們呢！」

知宵、真真和沈碧波互相看了一眼，偷偷笑了起來。看樣子，螢火蟲先生明明是沒有料到他們會發現這個祕密，才疏於防範的，但為了給自己一個臺階下，他只好這麼說了。

「唉！」螢火蟲先生歎了一口氣，「看來我真的老了，竟然敗給了幾個小小的人類孩子。好了，你們既然找到了鹿吳山，它就歸你們處置了。雖然我把它變小了，但山頂石塔裡相和那些舊古董散發出來的黴味兒真是讓我倒胃口，天天和它在一起，我連魚都不想吃了。」

知宵興沖沖的想要抱起鹿吳山，可是，雙手快要碰到微型山上的微型小樹時，又停了下來。現在的他對於鹿吳山來說，是一個巨人中的巨人，這樣莽撞的抱起這座山，會不會把山上的樹都移平了呢？

知宵決定小心行事，他深吸一口氣，小心翼翼的想要抱起鹿吳山，然而，他使足了渾身的力氣，也沒能搬動鹿吳山分毫！

這個微型鹿吳山實在太重了，一瞬間，知宵產生了一種錯覺，覺得說不定他正在試著把整個地球抱起來。金銀先生見狀，也上前試了試，鹿吳山依然沒反應。原來，鹿吳山雖然變小了，但重量並沒有發生改變。螢火蟲先生忍不住嘿嘿笑了起來，說：「雖然你們找到了鹿吳山，但怎麼把它帶走，我就無可奉告啦！」

知宵只好放棄，說道：「這樣吧，我們先把鹿吳山的下落告訴相和，等相和帶驅山鐸來，就能把山帶回家了。」

「那我們現在必須趕到龍宮城去。」真真說，「可是，這裡到龍宮城的路應該很遠吧？大家怎麼去呢？」

「這你們不用擔心，」金銀先生說，「我知道附近通往龍宮城入口的仙路在哪兒。」

一行人匆匆忙忙想要離開螢火蟲先生的山洞，諾兒叫住了大家，說道：「金銀先生，你說的那條仙路可是很長的，離龍宮城太遠了，等你們到的時候，說不定什麼都來不及了。不如我送你們一程吧。」

第十七章

占領龍宮城

「諾兒，是你把鹿吳山的線索暴露給這幾個小孩子的吧？」螢火蟲先生敲著他的竹杖，生氣的嚷嚷了起來。

諾兒沒有搭理這位老朋友，她輕輕唱起了古老的歌謠，手上的燈籠隨著歌聲發出越來越明亮的光芒，讓知宵產生了一種走在聚光燈下的錯覺。不一會兒，歌聲、光芒和螢火蟲先生的抱怨聲都消失了，知宵眼前出現了一瞬間的黑暗，然後，他又被巨大的光芒所包圍。這次的光芒來自兩隻大燈籠，它們掛在前方的木牌坊下。光芒照亮的範圍有限，其他的地方還是一片黑暗。

「龍宮城就在前面了！」

真真率先走進牌坊，知宵也跟了進去，跨入了牌坊內部的世界，那兒便是龍宮城所在的仙境。此刻，知宵腳下是青石板鋪成的平整大道，筆直的向前延伸。大道兩旁是幾間矮小的房屋，屋外掛著幌子，看來都是商店，這兒是一個小市集。要是平常的日子，商鋪裡的夥計們一定會熱情的高聲吆喝，不過，今天大家的注意力顯然都在更重要的事情上。

知宵和真真照例坐在金銀先生的背上，飛往龍宮城外。他們看到了聚集在龍宮城周圍的妖怪，妖怪們分成了兩派，擺開陣勢，看起來隨時可能打起來。

運氣真不錯，剛好趕上了！

等到他們離龍宮城的城牆近了，知宵還看到城牆上也站著好多妖怪，除了螭吻和蒲牢，他一個都不認識；還有一位留著黃色短髮的先生異常醒目，他坐在高高的城樓上，還抱著一把巨大的吉他，信手彈奏著什麼。知宵發現變回原形的螭吻甩著鯉魚尾巴，一副興致勃勃的表情，便立刻明白這些妖怪全都是來觀戰的。

而在高高的城牆下方，也有一大群五顏六色、奇形怪狀的妖怪拉開陣勢，站成一排。站在最中間的，正是那道誰都無法忽視的藍色身影——傷魂鳥相和。

「金銀先生，快看，相和在那裡！」坐在金銀先生背上的知宵叫了起來。

金銀先生高叫一聲，一個俯衝便飛到了相和身邊。知宵大聲對相和說：「相和，快停下！我們找到鹿吳山的下落了，不是蒲牢幹的，是老烏龜螢火蟲先生偷走的，這一切都與蒲牢大人無關，您不必再讓大家繼續進攻龍宮城了。相和，停下來吧！」

「你說什麼呢，李知宵？」相和抬頭望著他們，也喊道，「我再問你一次，你為什麼不能站在我這一邊？為什麼要為了蒲牢向我撒謊？」

「我當然是為您考慮才去認真調查鹿吳山的下落啊！」知宵著急的說，「您雖然召集到了很多妖怪同伴，可是他們的法力也是有限的吧？您為了不存在的理由向龍宮城開戰，把那麼多妖怪牽涉其中，難道是聰明妖怪會做的事情嗎？」

「李知宵，你根本不明白！現在我不能退卻，明白嗎？我不會聽你的。」相和狠下心，目光轉向隊伍最後方，遙遙喊道：「東邊，咱們開始進攻吧！」

「咚咚咚咚！」一陣流暢的鼓聲響起。知宵轉過身去，看到城牆下在妖怪隊伍最後那拿著鼓槌的東邊，正敲得異常起勁。

相和的妖怪同伴舉起武器，紛紛做好了亮出絕技的準備，發出各種奇怪的叫聲往前衝，龍宮城的護衛也不甘示弱，他們的叫聲更大、更整齊，準備迎戰入侵者。不一會兒，會飛的妖怪飛到了天空中，會跑的妖怪短兵相接，在天上、地下鬥成一團。

金銀先生擔心知宵和真真被誤傷，趕緊馱著他們飛離戰場。不一會兒，沈碧波也飛了過來。

雙方的實力相差太多了，根本輪不到螭吻和蒲牢出場。知宵的目光一直跟隨著相和，她的速度很快，彷彿化成了一道藍色的閃光。而當她經過之後，龍宮城的衛兵就全被彈飛，落在遠處的草地上、樹上和青石路上了。

可是，相和召集來的妖怪同伴就遠遠不如她那樣敏捷、強大，他們雖然也都一臉兇狠的樣子，看似拿出了自己全部的本事，可是並沒能占得一點點上風。這時候，知宵在妖怪群裡看到了山妖咕嚕嚕和嘩啦啦，他們一個又矮又胖、滿臉通紅，另一個又高又瘦、渾身翠綠，實在是想看不見都很難。可是，憑他們倆的本事，自然是打不過任何對手的，只見他倆一邊瞎嚷嚷，一邊朝著遠離龍宮城的方向退去，看來是要逃跑。知宵氣得不知該說什麼好，趕緊讓金銀先生飛到咕嚕嚕和嘩啦啦身邊去。

「咕嚕嚕、嘩啦啦，你們倆到這兒來幹什麼？」知宵嚴厲的說。

「啊，老大！是你讓我們兩個跟著東邊的呀！既然他來了，我們自然也要來啊！」嘩啦啦左顧右盼的說。

「既然你們兩個責任感這麼強，為什麼現在又要逃跑？」真真緊接著問。

「我們並沒有打算一直留守到最後啊！」咕嚕嚕一本正經的說，「憑我們的實力，跟隨東邊一起過來就很有誠意了。」

可是，曲江也來了。他的想法與咕嚕嚕、嘩啦啦完全不一樣。因為就在幾秒鐘之後，知宵便發現了曲江用法術召喚出來的巨大透明山羊，他看起來似乎年輕了不少，正努力幫助相和對抗龍宮城。

知宵一邊讓咕嚕嚕和嘩啦啦趕快離開，一邊又請金銀先生幫忙飛到曲江身邊，說道：「哎呀，曲江，你為什麼要過來幫助相和呢？你一向是我們房客中最穩重的妖怪，這可一點也不像你的做事風格。」

「小老闆，我早就說過，相和是我的偶像，我也一把年紀了，如果有可能，我一定要為她做點什麼！」曲江喘著粗氣說，「東邊在風來山莊外抗議時，我便準備前去聲援，但一直沒能鼓起勇氣。知宵，你想勸說相和，你做得沒錯。但我也有自己的理由，我自己知道分寸。」

「那你自己小心點。」知宵想了想，說道。

就在這時，曲江的法力也耗盡了，變出來的透明山羊消失了，龍宮城的衛兵飛身過來，要擒拿曲江。幸好金銀先生更加敏捷，伸出兩隻爪子抓住了曲江的山羊角，迅速飛了起來，直到帶著曲江來到遠離戰場的安全地帶，才把他放下。

知宵望著在龍宮城下繼續打鬥的妖怪們，明白失敗就在離相和不遠的地方等著她。但是東邊依然在敲鼓，鼓點越來越急了。龍宮城的城牆上也傳來了彈吉他的聲音，配合著東邊的鼓聲。

知宵抬頭看了看城牆，距離太遠了，他看不清那些妖怪們的表情。知宵心想：

他們此時會不會覺得城牆下這些妖怪的進攻，只是一場有趣的演出呢？明明接觸妖怪這麼長時間了，他還是不太明白妖怪的事。

就在這時，鼓聲停了下來。難道是東邊出了什麼事？知宵轉過頭去，看到東邊的鼓面裂開，從中冒出來一大堆粉色花瓣，像被強風推著似的，朝四面八方散開了。

奇怪？那面鼓並不是特別大，可是從鼓裡冒出來的花瓣似乎無窮無盡。不一會兒，它們就飄到了知宵面前。雖然花瓣飛舞的速度很快，知宵還是發現，那些花瓣似乎正在不停分裂，怪不得它們的蔓延速度驚人。不一會兒，那些花瓣便飄到了龍宮城的上方，而且似乎不受結界的影響，逕自飛向龍宮城裡。

「龍宮的結界不是已經被螭吻修好了嗎？」知宵有些驚訝。

「這是你們了解得不夠清楚，龍宮城的結界只會阻擋人類和妖怪。這些只是花瓣，龍宮城的防禦對它們是無效的。」金銀先生解釋道。

難道是相和留了一手？

這時候，蒲牢總算從城牆內慢慢飛了起來，她伸手揮動袖子，想要趕走花瓣，可是它們太多了，怎麼也趕不盡。很快，這些花瓣便擋住知宵的視線了。隱約中他似乎看到一道寶藍色的身影，那一定是相和。此時，她就在蒲牢對面，似乎對蒲牢說著什麼。蒲牢想要抓住相和的羽毛，但相和立刻轉身飛走了。

相和與龍宮城的戰爭還在繼續嗎？這時候，知宵已經弄不清楚了，因為他什麼也看不見了。知宵的頭上也落滿了厚厚一層花瓣，像是一頂軟軟的帽子。還有些花瓣掉進了他的衣服口袋裡，它們不斷分裂，都快把知宵的衣服撐破了。最可怕的是，這些看起來像是桃花的花瓣，還散發出一股刺鼻的氣味來，讓知宵涕淚橫流。

「為什麼會變成這個樣子？」真真的聲音很響亮，似乎是擔心這重重花瓣會讓人聽不見她的聲音。

「不過，能做出這樣的事情來，才像是相和的作風啊。」金銀先生感歎道，隨後又提高了聲音說，「波波，你在嗎？」

「我在。」沈碧波飛到金銀先生身邊說。

「咱們飛得更高一點看看吧。」

金銀先生拍著翅膀想要驅散花瓣，當然沒什麼用，他只好憑著感覺朝高處飛去，半路還撞上了一隻妖怪，似乎是龍宮城的衛兵。當他們終於離開了花瓣飛舞的區域，知宵打了一個響亮的噴嚏，他揉了揉眼睛，這才有精力低頭看。

整個龍宮城似乎都被花瓣埋起來了，知宵能聽到從底下傳來的妖怪們的叫聲。還有些會飛的妖怪，像金銀先生一樣努力朝天上飛著。不過，花瓣依然在不停分裂，似乎想要占領整片龍宮城的天空。

這時候，知宵看到了寶藍色的相和，她正從遠處往高空飛來。在相和的背上還有一位穿著花衣服的妖怪，那毫無疑問是東邊。相和不停在空中打轉，似乎想從各個不同的角度欣賞自己的惡作劇成果。

沈碧波鑽出了花瓣堆，撲搧著翅膀飛近相和。金銀先生也趕緊飛過去，離沈碧波近了，知宵聽到他說：「相和，現在你滿意了吧？」

「非常滿意。」相和笑著說，「我說過，我會占領龍宮城的，我做到了。當然，這其實是東邊的主意，真是太完美了。」

「東邊，現在我們飛得這麼高，你不害怕嗎？」知宵小心翼翼的問。

「當然害怕，但害怕背後隱藏著欣喜。今後，無論在哪一刻死去，在下都了無遺憾了。」

接下來，發生了一件很奇怪的事情，這件事情如此奇怪，以至於知宵現在回想起來，也不知道到底是如何發生的。

東邊笑了！

這是知宵第一次看到東邊真正有自己的表情。他的笑容看起來很僵硬，就像是被指揮著的木偶。不過，不知為什麼，看到東邊笑了，知宵竟然覺得有幾分舒心，不禁也跟著笑了起來。知宵記得，東邊笑的時候，好像還有輕微的「嘭嘭」聲，彷彿是什麼東西裂開了。

不過，當時知宵並沒時間細想，因為蒲牢正怒氣衝衝的飛過來。在蒲牢到達相和面前那一瞬間，東邊像是受到了巨大驚嚇，從相和的背上翻滾、落下，落向覆蓋著龍宮城的花瓣裡。

「東邊！」知宵、真真和沈碧波同時叫了出來。

相和什麼也沒說，立刻收起翅膀，逕自往下俯衝，直直的追向東邊掉落的方向，飛舞的花瓣讓視線模糊，但相和的眼裡好像只有泥偶怪東邊的身影，她伸出爪子，輕巧又飛快的握住東邊的身子。然後，她舒展翅膀，在半空中停留了一會兒，才慢慢搧動羽翼往高空飛翔。

知宵、真真和沈碧波看不清相和抓住東邊的細節，但是整座龍宮城的上空，都飄蕩著傷魂鳥快樂的聲音：「東邊，我接住你了！我就說過，你不用害怕，我會接住你的！」

不過，這時候東邊已經恢復成了泥偶狀態。知宵發現，它背上的那道裂縫越來越長、越來越寬了，似乎只要相和一個不小心，它就會裂成兩半。知宵、真真和沈碧波不停呼喚著東邊，可是東邊再也不會回答他們了。他是沉睡過去了呢？還是已經死去了呢？

「相和，現在我們該怎麼辦？」知宵忍不住問道。

空中的相和忽然恢復成小女孩的模樣，她穿著藍色的衣服，頭上那片大羽毛也垂著。相和就這樣，雙手緊緊捧著泥偶東邊，表情呆呆的，停在半空中，任風把花瓣吹向她的全身，依然一動也不動。

忽然，她開口唱起歌來。知宵聽不懂歌詞，心想，那可能是古代的語言，也可能是通行於妖怪間的語言。曲江他們說得沒錯，傷魂鳥的歌聲真的很動聽，即使將人類最動聽的歌聲再經過最精緻的美化，也比不上傷魂鳥此時無心哼出來的曲子。她的歌聲很悲傷，剛才還在為東邊高興的知宵，內心彷彿一瞬間被悲傷填滿，就像那些花瓣填滿了龍宮城一樣。

知宵感覺自己經歷過的所有傷心事，甚至還有別人的傷心事，或者說整個世界的傷心事，都湧上了他的心頭。眼淚不受控制的湧了上來，知宵也沒準備忍住，不過，從花瓣底下傳來了更多哇哇大哭的聲音，還是讓知宵吃了一驚。

傷魂鳥放聲歌唱，整個龍宮城都在哭泣。

東邊，你還能聽到嗎？

後記

雕像的祕密

知宵、真真、沈碧波和金銀先生來到恢復正常的鹿吳山上，已經是四天後的事。那時，鹿吳山已經回到了風來山莊旁邊。它看起來和相和生日聚會那天沒有任何區別。

石塔的大門敞開著，金銀先生叫了半天，也無人應答，於是大家自作主張進了塔裡。那座紅色的雕像還是那麼醒目，表情依然平靜。只有沒有生命的東西，才能永遠沒有憂愁吧？可是它們也感覺不到快樂。

這次會是祝福還是詛咒呢？知宵暗暗想著，然後從紅色雕像旁邊經過。雕像又用機器那樣毫無感情的聲音說道：「多災多難。」

知宵不高興的瞪了雕像一眼。這個雕像似乎是隨心所欲的說著「福壽雙全」和「多災多難」兩個詞，任意的發送祝福或者詛咒給任意的客人。這一切有什麼意義呢？

「它不是有意要說難聽的話，畢竟它沒有自己的意識，這一切由不得它作主。」金銀先生注意到了知宵的表情變化。

「我知道。但是，為什麼一定要讓雕像說兩種完全相反的話呢？不管是相和自己還是到山上做客的妖怪，都不想一進家門就被詛咒吧？」知宵一本正經的分析道。

「可是，你不覺得這兩個詞，就像手心與手背一樣，是不可分開的嗎？」金銀先生循循善誘。

「你的意思是說，就算一個人福壽雙全，也會多災多難？」真真說，「我好像懂了，就算你過得很痛苦，也總有感覺幸福、快樂的時候，說不定還能健康、長壽？」

金銀先生笑了，說道：「你這樣的分析也挺有意思的。」

「就像光明與黑暗嗎？」沈碧波說。

「就像生與死？」知宵也說。

「沒錯。」金銀先生說，「你們好像對這個問題挺感興趣，那不如咱們哪天一起在妖怪客棧喝杯茶，好好聊聊。至於現在，還是快找找這兒的主人吧。」

大家告別了紅色雕像，走進石塔更深處。這兒的一切還很混亂，相和也沒心情整理。東邊至今依然沒能從泥偶狀態恢復過來，說不定那一天再也不會到來。

金銀先生是一個異常愛整潔的妖怪，看到滿地狼藉，不由得皺起了眉頭。

「相和，你在哪兒？」

一行人一層樓、一層樓的查看，想要找到相和。他們來到三樓時，知宵聽到了相和的歌聲，他順著聲音來到一扇虛掩著的門前，歪著腦袋朝門縫裡瞧，看到了坐在一堆舊箱子上面的相和。

「我可以進來嗎？」知宵小聲問。

相和沒有說話，也沒有點頭，知宵就當她是默許了，便輕輕推開門走了進去。這兒的空氣很沉悶，漂浮著灰塵與一種說不清楚的氣味，這讓知宵想起以前在外婆家裡打開一隻舊衣箱的氣味。

這座石塔本身就像是一隻巨大的舊衣箱，裡面收藏了太多無生命的古董，怪不得知宵會覺得這兒的空氣給人的感覺異常沉重。壽命越長，累積的回憶越多，捨不得扔掉的東西當然也越來越多。相和活了多久了呢？五百多年。這麼長的一段時間，真的會累積一整座塔的舊物嗎？

妖怪客棧裡所有房客的壽命加起來，一定超過了五百年，大家好像也沒這麼多東西。相和會不會連幾百年前穿過的舊衣服也依然保留著呢？那麼，東邊在這山上生活了那麼長的時間，關於東邊的一切，又會被儲存於哪個箱子中呢？

「你來這兒幹什麼？」相和主動開口問道。

「流火告訴我們，最近幾天您一直躲在山上，誰也不肯見，我們想來看看您。」

「沒事。但我想消沉幾天，才能緩過神來。」相和抬眼看了看知宵，說，「你小時候跟著爸爸來過鹿吳山，你還記得嗎？」

「有一點點印象，但如果您要問我具體的事情，我又想不起來。東邊告訴我，我曾經掉進過山上的湖裡。」

「沒錯。」相和點點頭，「那一次情況很緊急，可能是為了自保，你身上雪妖的力量第一次爆發了出來，把你爸爸嚇壞了。後來，他不敢再帶你四處去拜訪妖怪，也減少了讓你去金月樓和妖怪們待在一起的次數。之後，你也沒有再來過鹿吳山。你知道嗎？當時我真的鬆了一口氣。要知道，你從水中被撈出來之後，一直沉睡不醒。我很擔心，想到了更長遠的事。你本是人類，一定會比我先死去，那我到時候不是會更難過嗎？在蒲牢的風來山莊工作，為許多死去的生命唱歌，我終於明白了這個道理。於是，我總是與朋友保持距離，不讓自己太喜歡他們。但即便如此，當他們離開這個世界時，我還是會難過。唉，誰讓我是傷魂鳥呢？我和我的先輩們一樣，天性就是悲觀的。以前我總是想要否認這一點，努力想要讓自己時時刻刻都快樂，但好像並不成功。」

「我雖然年紀很小，但我認為，想要快樂並不是壞事，只是沒有人能永遠快樂。」知宵說。

這時候，沈碧波、真真和金銀先生也進來了。相和看了看他們，繼續說道：「我當然明白這個道理。只是我心裡有一個聲音總是提醒自己，傷魂鳥一族向來憂鬱，因此我想快樂，我必須快樂，我要和先輩不一樣才行。」

「為什麼呢？」真真問。

「你們應該知道吧，我是這個世界上最後一隻傷魂鳥。從我出生起，大家都希望我繼承傷魂鳥所有的特點活下去。你們人類不是喜歡在祠堂裡供奉祖先嗎？有時候我覺得，自己就是一座活著的、能夠走動的祠堂，大家接近我，用我的存在來緬懷傷魂鳥一族。可是我的身體和心裡哪能擺得下那麼多逝者？這些期望太沉重、太不公平了。我不想作為『最後一隻傷魂鳥』，活在妖怪們的期待裡，我只想作為相和，自由的活著。所以，這些年我一直在和蒲牢抗爭，還做了那麼多連自己都覺得很過分的事。你們總是問我起因是什麼，不就是因為這麼點兒旁觀者看來無關緊要的小事嗎？」

「但這並不是無關緊要的小事。」沈碧波大聲說。

「謝謝你。」相和衝沈碧波笑了笑，「可是，這幾天我也在想，我是真的活出了自己，還是變成一味只是與蒲牢唱反調了呢？我一直聲稱自己討厭唱歌。這些年來，東邊一直說想要聽我唱一曲，但都被我拒絕了。只有那天，在龍宮城……我忍不住就唱了起來。那一刻，彷彿自己就要化成歌聲飄散在空氣裡。我還是一隻傷魂鳥，這種危險的感覺我並不討厭。這幾天我一直在想，我放棄唱歌，到底是找到了自己，還是遺失了自己呢？」

「或許你應該和蒲牢大人談一談，坦誠說出所有的想法。」金銀先生說。

「沒錯，我也這樣想。不過，等我狀態好一些再說吧。」相和勉強笑了笑。

相和來到風來山莊，大概是一個星期之後。知宵從流火那兒打聽到，相和與蒲牢在風來山莊的花園裡待了很長一段時間。這真是奇蹟，她們倆誰也沒有大聲嚷嚷，更沒有吵起來。誰也不知道相和跟蒲牢說了什麼，但是，鹿吳山最終還是留在了風來山莊旁邊——它原來待著的地方。

不過，相和卻離開了鹿吳山，不知去了哪裡，總之，消失在所有妖怪的視線裡。相和果然是個躲藏的高手，連螢火蟲先生也沒有信心可以再次找到她了。

可是，知宵相信，有那麼一天，相和可能會突然飛落在妖怪客棧的窗前，抖動著腦袋上的羽毛，笑瞇瞇的尖聲講著旅行趣事。而知宵呢，他下定決心，如果有那麼一天，他一定會為相和準備足夠的橘子汁。

國家圖書館出版品預行編目 (CIP) 資料

妖怪客棧 3, 傷魂鳥之歌 / 楊翠著 .
-- 初版 . -- 新北市 : 悅智文化館 , 2020.08
232 面 ; 14.7×21 公分 . --
ISBN 978-986-7018-43-4(平裝)

859.6 109003828

妖怪客棧 3
傷魂鳥之歌

作　　者 / 楊翠
總 編 輯 / 徐昱
封面繪製 / 古依平
執行美編 / 古依平

出 版 者 / 悅智文化事業有限公司
地　　址 / 新北市板橋區板新路 206 號 3 樓
電　　話 / 02-8952-4078
傳　　真 / 02-8952-4084
電子郵件 / sv5@elegantbooks.com.tw

戶　　名 / 悅智文化事業有限公司
郵政劃撥帳號 / 19452608

本書臺灣繁體版由四川一覽文化傳播廣告有限公司代理，經上海火雀文化傳媒有限公司及安徽少年兒童出版社授權出版。

初版一刷 2020 年 08 月　定價 240 元